公元787年,唐封疆大吏马总集诸子精华,编著成《意林》一书6卷,流传至今
意林: 始于公元787年,距今1200余年

意林®轻文库

青春最美,梦想出发
中国式好看轻小说优鲜品牌

我们是小淑女

优雅，聪慧，阳光，快乐，甜蜜，
勤奋，包容，恬静，浪漫，唯美，璀璨。
善解人意，才华横溢，从容淡定，
独立有主见，时常感恩，心怀美好。
爱学习，爱阅读，爱幻想，睿智有深度，独具品位。

意林励志 · MiniMiss 荣誉出品
小MM品牌书系 · 淑女文学馆 · 公主天下系列007
荡气回肠的古风浪漫小说，独属于公主们的传奇故事

宁羽心 ◎ 著

金城笙·簪花引 贰

吉林摄影出版社
·长春·

MiniMiss 出品

图书在版编目（CIP）数据

金城公主：簪花引. 贰 / 宁羽心著. -- 长春：吉林摄影出版社，2018.6
（意林. 公主天下系列；007）
ISBN 978-7-5498-3622-2

Ⅰ.①金… Ⅱ.①宁… Ⅲ.①长篇小说-中国-当代 Ⅳ.①I247.5

中国版本图书馆CIP数据核字(2018)第103701号

金城公主·簪花引（贰）
Jincheng Gongzhu · Zanhuayin (Er)

著　　者	宁羽心
出 版 人	孙洪军
总 策 划	阿朱
责任编辑	施　岚　胡晓路
特约编辑	杨　宁
图书统筹	莫小西
绘　　图	满　月　Easiyu.羽
书籍装帧	胡静梅
美术编辑	刘　静
作家经纪部	卢晓凤
开　　本	700mm×1000mm　1/16
字　　数	210千字
印　　张	13
版　　次	2018年6月第1版
印　　次	2018年6月第2次印刷

出　　版	吉林摄影出版社
发　　行	吉林摄影出版社
地　　址	长春市泰来街1825号
	邮编：130062
电　　话	总编办：0431-86012616
	发行科：0431-86012602
网　　址	www.jlsycbs.net
经　　销	全国各地新华书店
印　　刷	北京盛彩捷印刷有限公司
书　　号	ISBN 978-7-5498-3622-2　　　定价：29.90元

版权所有　侵权必究

如发现印装质量问题，请与印务部联系退换，电话：010-51908584

为中国女生量身打造优质课外读物

文◎《意林·小小姐》书系总策划 阿朱

2010年1月,意林集团专门为女孩量身定做的读物《意林·小小姐》诞生了。创办之初,《意林·小小姐》旗帜鲜明地打出口号——"女孩都是小淑女,小MM陪你优雅过花季""淑女"取意为"内心美好、品质优秀的女孩"。明确为中国8~18岁的优质女孩服务,以"帮助女孩在快乐阅读中提高文学修养和综合素质"为宗旨,坚持"纯正、阳光、向上"的风格导向,内容着眼于"青春、梦想、成长、励志",以期打造全新的、真正适合女孩阅读的健康课外读物。

凭借这样的精准定位和独特理念,《意林·小小姐》上市后,很快赢得女孩们的喜爱,在校园中引起巨大反响,女孩们表示:"终于有女生的专门读物了!超级好看!"家长和老师也纷纷给出"孩子看后成长了很多""孩子的作文水平明显提高了"之类的积极反馈。2011年6月,在读者的热烈要求下,《意林·小小姐》在坚持宗旨、质量不变的前提下,出版频率加快,由原来的每月一期增加为每月两期;同年10月,《意林·小小姐》月发行量突破50万册,潜在读者超过80万人。其作为优质女孩喜爱的健康课外读物的地位逐渐形成,而迅猛增长的销售业绩也引来业界极大关注,开始得到一些同行的模仿和追随,市面上类似风格的女孩读物相继出现(当然,最后能经得住市场检验的很少)。

2010年7月,《意林·小小姐》开始涉足图书出版领域,编辑部陆续推出《蔷薇少女馆(全套)》《迷藏(Ⅰ~Ⅲ)》《悠莉宠物店(全套)》《七寻记(Ⅰ~Ⅴ)》《钢琴小淑女(第一季~第六季)》《星愿大陆(①~⑧)》《现在是女生时代(①~④)》及"浪漫星语"十二星座小说系列等数十种图书,这些书在全国中小学校园中广为流传,无数小读者为之痴迷、陶醉,"《意林·小小姐》出品的图书本本畅销"这一观点也成为众多书店、经销商的共识。"《意林·小小姐》现象"逐渐成为一种社会现象,为各方所津津乐道。

2012年,创办满两周年的《意林·小小姐》步入加速发展轨道,编辑部创造性地提出"女生文学"概念,并将之上升到与儿童文学、青春文学并列的重要文学形态,《意林·小小姐》专注于为成长中的女孩服务的想法也更加清晰,编辑部计划在未来几年内,以每年出版几十种新书的速度,采用短篇文集、长篇小说、原创漫画、故事绘本等多种类型齐头并进的形式,为女孩们提供一批有规模、有质量、有品位的精品读物,打造中国女生喜爱的文学品牌。

在2012年7月之后出版(或修订)的所有《意林·小小姐》"淑女文学馆"系列新书中,我们都会特别放置这篇名为《为中国女生量身打造优质课外读物》的文章,来阐述我们对于建设中国女生文学以及推动女生健康阅读的崭新理念与思考。

★女生一定要选择适合自己的女生文学读物

首先,什么是女生文学?

《意林·小小姐》所定义的女生文学是指专门为女孩(特指8~18岁女孩)创作并适合女孩阅读的、符合女孩心理特点和审美要求、有利于女孩身心健康发展的各种文学作品。。简单来说,就是所有适合女孩阅读的健康课外读物。

目前,国内未成年人的文学阅读笼统地分为儿童文学、青春文学等大类,市场上很难找到专门针对女孩创作的有规模、系统化的读物。事实上,女孩和男孩的大脑结构不同,思维方式、理解能力、审美要求不同,在阅读上也要区分性别,选择不同的读物。

《意林·小小姐》系列读物立足于女孩性别特点,专门为女孩量身打造,是专属于女孩们自己的读物,合乎年纪,合乎趣味,外观时尚、唯美、优雅,内容纯正、阳光、向上,是真正适合女孩阅读的健康课外读物,带给女孩全新的阅读体验。

★女生通过阅读女生文学读物提升写作能力,获取成长养分

8~18岁正是快速吸收养分、奠定阅读基础的黄金年龄,对于女孩一生的成长至关重要。《意林·小小姐》提倡女生文学要打破市场常规,"从低幼儿童文学及少女言情中解放出来",以深浅适度、风格纯正、健康向上、可读性与文学性兼具的内容,帮助女孩在快乐阅读中提高阅读理解能力、作文写作能力,汲取成长经验、成长智慧,全面提升素质。

在故事类型上,《意林·小小姐》系列读物既有贴近女孩生活和心灵的校园故事、成长故事、亲情友情故事等,又有极富想象力的冒险故事、幻想故事等,每篇文章的选取都将标准锁定为"题材新颖、内容阳光、主题积极向上、文风优雅纯正",并坚持拒绝浅薄幼稚、庸俗无聊、花哨言情等无内涵的文章。女孩们在健康文学的长期熏陶下,语感增强了,素材丰富了,思维开阔了,自然能做到心中有故事、下笔有话说,不再为作文犯愁;同时,这些文章里蕴含的温暖励志内核,诸如阳光、善良、真诚、包容、坚强、勇敢、善解人意、独立有主见等精神,都能激发女孩正面心态的能量,帮助她们成长为内心强大的女孩,为将来的人生打底。

★女生文学读物要品质化、品牌化、系统化

《意林·小小姐》创办的时间不长,但读者的忠诚度、信赖度和美誉度在国内首屈一指,已经形成明显的品牌优势,它集"好看""清新""唯美""阳光""优雅""品位"等各种美好感觉于一身,始终以女孩的阅读感受为根本,全心全意为女孩服务,专心致志打造一流读物、精品读物。

读者的认可和喜爱,得益于《意林·小小姐》对文稿质量近乎苛刻的严格把关。为《意林·小小姐》供稿的作者,既有实力派中青年儿童文学作家,又有青春新锐派文学作者，编辑部每月收到近千封来稿，经过反复筛选、修改、优中选优，最终确定30篇左右刊出；对于长篇图书出版，编辑部始终坚持"用心、专业、永续经营"的理念，不追求过度商业化、批量化生产，每一本书稿都精雕细琢、反复打磨，已出版的每一本图书几乎都成为业内畅销书经典，而《意林·小小姐》所倡导的女生文学概念及标准也成为业内标杆，引来众多同行追随。

除此之外，编辑部与一大批有潜力的青年作者建立了长期的独家合作关系，这些作者通过《意林·小小姐》、网络、电话、读者见面会等各种渠道，常年坚持在第一线与读者互动，倾听读者心声，保持创作活力源源不断。目前《意林·小小姐》独家签约作者的队伍仍在不断壮大，我们希望用几年甚至十几年的时间，形成有较大社会影响力的专业化女生文学创作基地。

为避免女孩因为阅读口味单一而造成阅读面、知识面过于狭窄，《意林·小小姐》除了做好文学类图书外，也努力开发适合女孩阅读的其他类别读物，比如励志、科普、时尚、生活类选题，同时力求经营品种以及传播途径上的多样化，依托原创精品内容，开发数字化传播、动漫、影视、游戏、周边产品、女生网络社区等，做好精品故事的深度经营，构筑全产业链发展模式。在销售渠道上，除传统的零售、邮局、校网等，我们逐渐在各地设立女生文学专柜和品牌专卖店，力争让读者随手可取，购买方便。

★ 为女孩营造愉快的阅读体验

《意林·小小姐》系列读物无论在内容还是包装上都具有较高的辨识度，为了方便读者寻找，我们对2012年7月之后出版（或修订）的新书做了统一规划：

○ 认准独家标志

《意林·小小姐》出品的所有图书，在腰封和封底上都有"意林""Mini Miss出品·女生文学"的独家标志（图1）；在书脊上，除了"意林"以及"Mini Miss"字体logo外，每本书还特别放置了"封面女孩"形象（图2），便于读者辨认和收藏；在前、后勒口上，每本书都有"纯正、阳光、向上，为中国女生量身打造优质课外读物"（图3）。

图1

图2

图3

○**识别编号**

《意林·小小姐》出品的所有图书都将逐渐归于"淑女文学馆""淑女漫绘馆""淑女励志馆""淑女风尚馆""淑女生活馆"等特色馆（新馆不断添加中），每本书都有属于自己的编号，比如：

代表这本书所属类别是淑女文学类，编号为冒险励志系列004，即此系列的第四本书，在这本书之前，自然已经出版了001、002、003，后面也会有005、006、007……陆续上市；图书封底的总编号则代表了这本书在《意林·小小姐》所有出品图书中的总排序。

○**女孩特色包装**

每本图书都会配备一张淡雅的紫色或粉色前衬页，上面印有"意林"及"Mini Miss"字体logo；在小说类单色印刷的图书中，会加有4页铜版纸彩色插图页，第一页的"淑女宣言"（图4）代表了《意林·小小姐》所提倡的优质女孩精神，第四页则标明了本书所属的系列及编号（图5）。

图4

图5

我们目前所使用的字体、字号以及行距，是在经过大量调查研究和多次测试后确定的，适合成长中的女孩阅读，每一页的内容既充实，又不至于给读者造成阅读疲劳。

所有的一切都是为了给成长中的女孩提供价值导向健康、养分丰富、品质优良的课外读物，营造愉快的阅读体验，我们希望以传媒人"有爱有担当"的社会责任感和"一生只做一件事"的专注精神，不遗余力地建设女生文学，推动女生阅读向前发展，全力打造中国女生喜爱的文学品牌！

目录 contents

- 001 + 第一章 清寒冰骨初铸成
- 029 + 第二章 宁醉江南春色里
- 053 + 第三章 诗骨何曾媚世人
- 079 + 第四章 梅花映人雪映月
- 103 + 第五章 平地降雷起惊飙
- 127 + 第六章 天象有异人心变
- 149 + 第七章 菩提树下慈悲泪
- 177 + 第八章 一朝悲欢付梅花

一

除夕,算得上一年里头的大日子。

宫里处处都有红灯高悬,像春花群绽。走在柔软明亮的烛光下,宫人们的笑容也更加喜庆。御膳房早就备下了喜糕和扁食,留着给守岁的皇族们享用。教乐坊则在排练着除夕的歌舞,阵阵乐声传出老远,直透云霄。

可莹坐在窗前,手执一柄小银剪,正在做荷包上的大红流苏。那双手莹白玉润,衬着剪刀的雪银色,煞是好看。

她很专注,浓黑的睫毛垂着,目光落在手头针线上,一动也不动。雪光透进来,映照着她的脸颊,愈发显得如玉般莹白。

不多时,荷包就做好了。大红绸做底,绣面是双龙衔珠,流苏上缀着和田玉的圆珠子,上等的籽料,润得几乎能沁出水来。这用料都是顶级的,九五之尊才配用这个。

可莹将荷包放在手里细细端详,一晃就出了神。

去年的今日,她还是邠王府的一个小庶女,地位低微,都没资格守岁。为了讨好父王,她绣了一个荷包,用光了自己所有的积蓄,结果荷包还没送到父亲面前,就被李嫒嫒截了下来。

李嫒嫒将那只荷包扔到雪地里,狠狠地踩在脚底。

"就凭你,也配给父王做荷包?简直笑话!"李嫒嫒叉着腰,嚣张地向她喊。

可莹冲上去,一把推开李嫒嫒,发现荷包已经浸透了泥水。李嫒嫒倒在地上,嘤嘤地哭起来:"可莹欺负我,呜呜呜,快来人哪!"

最后的结果是,她因为欺负李嫒嫒被罚,禁足在自己房里,不得参与守岁。除夕那夜,她一个人待在黑漆漆的房里,望着窗外的屋顶。屋脊上层层叠叠的吻兽,在昏暗的光里成了一个个黑影。

吻兽,是贵族们为了图吉利,让工匠们在屋脊上铸出的泥水神兽。

龙生九子,各不相同。最尊贵的龙子住在金碧辉煌的宫殿里,号令天下;

而最卑贱的龙子在屋脊上坐镇，任由风吹雨打。就像她和李媛媛，虽然都是王爷的孩子，待遇却千差万别。

凭什么？

她也想问凭什么。

难道命运如刀，人就必须得为鱼肉，任由宰割？难道世态炎凉，人就必须被当成蒲扇，任由冷落？

"那样的日子，再也不会有了。"可莹看着眼前的荷包，喃喃地说。

话音刚落，一个娇俏的声音传来："哟，姐姐一个人坐多久了？快别冻着。"

可莹抬头，一眼就看到李媛媛笑盈盈地向她走过来。这个身上同样流着父亲的血的妹妹，和她有着相似的眉眼，却生着相反的心肠。

如果可莹没有被当今皇上收养为公主，并给了"金城"的封号，那么李媛媛今日今时会对她另一番面孔吧。

"妹妹来了，快坐。"可莹懒懒地一抬手。

李媛媛眼中闪过一丝嫉恨，却很快恢复常态，屈膝行礼："邻王府媛媛拜见金城公主，祝公主元正启祚，万物唯新。"

她本来不想行礼的，但见可莹端着架子，宫里来往的人又多，不得不补上礼数。

"同喜。"可莹不想和李媛媛多说什么，让她落了座后，淡淡地问，"媛媛今日是随王爷进宫的？"

"是的，皇上要在宫里大宴皇亲臣子，父王带我入宫，遣我来看望公主……"李媛媛笑着，忽然话锋一转，"公主可知，皇上方才封我为四品女官，让我年后就跟着淑妃娘娘一同打理皇宫内务呢！"

可莹顿时心头猛沉。

自从皇后被禁足冷宫之后，六宫的大小事务就全部落在淑妃一个人头上。猛然接管各种事务，她自然忙不过来，只是可莹万万想不到，父皇居然会委派媛媛帮助淑妃。

李媛媛的心眼比针鼻还小,她要是接管宫务,肯定会处处针对自己的。

可莹不动声色:"那真是一件喜事。能够出入宫廷,必然有很多结交权贵的机会。这不是妹妹一直所求所想的吗?"

李媛媛则面露得色:"那我可要好好照顾公主了,毕竟除了安乐公主,金城公主是最讨皇上欢心的。"

这话中意思,是讽刺可莹不如安乐公主受宠了。

可莹并不在意,微微笑开:"妹妹不用照顾我,本官前头只有安乐公主一个人,可是妹妹的四品前头还有三品、二品、一品女官。看这情况,妹妹比本官要更谨慎努力才是。"

"你!"李媛媛气得脸色微红,控制了一下情绪才冷笑道,"李可莹,你得意什么?去年今日,你还是我手下败将,我想打就打,想骂就骂。"

站在一旁的青儿再也听不下去了,抬头道:"你居然敢辱骂公主,好大的胆子!"

"有本事向皇上告我一状啊!快去啊!"李媛媛更加嚣张。

"去就去!公主不去我去,看邠王和皇上怎么罚你。"青儿气得浑身发抖。

可莹看了青儿一眼:"别去!"然后才慢悠悠地说,"李媛媛,今天是除夕,你是故意激怒本官,让本官去父皇面前触个霉头,才会如此出言不逊吧?"

喜庆的日子里,讲究的就是事事如意。如果她不够冷静,非要将口角小事闹到父皇面前,虽然说父皇肯定会护着自己,但是父皇在众人面前也颜面尽失了。

孰轻孰重,她还是分得清的。

青儿一呆,顿时明白过来。

李媛媛白了可莹一眼:"金城公主果然聪慧过人,不过那句话怎么说来着?慧极必伤。"

"愚不可及,朽木不可雕,你也好不到哪里去啊。"

第一章 清寒冰骨初铸戎

李媛媛气得一跃而起:"你说我笨?李可莹,你别嚣张,你身份再尊贵也是个便宜公主,我马上就是四品女官!皇上选中我,那肯定是看中我的才华,你说我笨,你敢质疑皇上?"

"还说你恶!"可莹将茶杯重重一放,抬手便将窗户打开,凛冽的寒风顿时涌入了室内。

"你干什么?好冷!"李媛媛赶紧裹紧了身上的绣袄,"你想冻病我?"

可莹一指窗外廊檐下冻着的冰柱子,厉声道:"李媛媛,看清楚!你以为自己是水晶心玻璃人,其实落在别人眼里,不过是又冷又利的冰柱子!你以为自己地位高贵,其实春风一吹,冰柱子就会跌落!你到底有什么好得意的?"

李媛媛嘴唇苍白,一句话也说不出来。

两个人正在僵持,门外忽然走进一个人,进门就说:"好冷!谁敢怠慢金城公主,没送炭?"

可莹抬眼,正看到李轻羽进来。他头戴黑皮毡帽,一双眼睛如墨点漆,似深潭也像黑色曜石,目光锐利得几乎能穿透人心。身上穿得倒是应景,大红绣金面的夹袄用一个镶玉腰带束着,显得身材颀长,风姿挺拔。外罩的一件挡风用的墨黑毛披风,上面有晶晶点点的亮光,应该是落了点儿雪。

有些人天生就不够亲和,就像上等的玉石,焐在手里再久也没有温度。可是李轻羽他够坚定,够贞良,让人觉得心安。

可莹赶紧让青儿关窗户,上前寒暄:"皇兄,你怎么不打伞呢?看你这披风上落的雪。青儿,赶紧上杯热茶。"

"我是路过,听到这里挺热闹的,就进来看看。"李轻羽眼风一扫,"媛媛怎么一脸不高兴?"

李媛媛噘起嘴巴,冷声道:"好啊,又来了一个,你们两个欺负我一个是吧?"

可莹皱起眉头,李媛媛接二连三地无礼,让她真的生气了。

"我不帮你们中的任何一人,只帮理。谁有理,我就帮谁。你们说说,为什么闹别扭?"李轻羽坐下,接过青儿递过来的热茶。

李媛媛恶人先告状:"我年后就是四品女官了,金城公主看我不顺眼,就百般挤对我。也是啊,以前在王府,她没我地位高,现在看我有好事,自然不会真心祝福的。"

"恭喜,都做女官了,那管什么事呢?"李轻羽轻轻吹着茶叶。

"帮淑妃娘娘打理宫务,比如分发份例、分派赏赐、筹备大小宴会等。"李媛媛得意极了。

"这样啊……涉及这么多银两财物,那媛媛的算术很好了?"

"《九章算术》已经学完了。"

李轻羽喝了一口茶,才说:"那我给你出道题,如果你能做得好,就说明你堪当大任,我就让金城公主向你道歉。"

可莹睁大眼睛,向媛媛道歉?这简直滑天下之大稽!

李轻羽淡淡地看了可莹一眼,暗示她不要说话。媛媛更加兴奋,从座位上一跃而起:"此言当真?"

"君子一言,驷马难追。"

"那好,你出题吧!"

李轻羽放下茶杯,从袖中掏出一枚石灰笔,在灰色的地上画出六十四个小方格子。

"这是什么?"

"媛媛,这里有六十四个格子,第一个格子里放一粒米,第二个格子里放两粒米,第三个格子里放四粒米,第四个格子里放八粒米。以此类推,你要是放满六十四个格子,就算你做得好。"

李媛媛眼神顿时发亮:"这么简单!我邠王府这点儿米还是出得起的。"

"如果你做不到,那你就要向金城公主赔罪。"

"我答应。"李媛媛不以为意地说。

可莹看了青儿一眼:"王府千金进宫,怎么会拿白米这种普通物品呢?我们先借给媛媛十袋米吧。"

"是。"青儿应声答应。

李嫒嫒心里乐开了花,一想到等会儿让可莹向自己赔礼道歉,就兴奋至极。当青儿将十袋米放到她面前的时候,李嫒嫒迫不及待地走上前:"快打开!我这就用米填格子。"

可莹和李轻羽相视而笑,眼神都意味深长。

李嫒嫒并没有发现异样,她开始在格子里放米。起初,她还兴致勃勃,后来,她的动作就慢了下来。

放到第八个格子的时候,她要放一百二十八粒米。那么根据李轻羽给的换算公式,她要在第十四个格子放八千一百九十二粒米啊!

这才第十四个格子,就八千多粒米了,那第六一四个格子得需要放多少米啊?太庞大了!

李嫒嫒数米数得头晕脑涨,她抬头嚷嚷起来:"不对不对,怎么会这么多?"

"你不是说能做到吗?"李轻羽笑眯眯地看着她。

李嫒嫒低头又算了一遍,顿时欲哭无泪,那的确是一个无比庞大的数字!

"根据先前的规定,你如果做不到,就要向金城公主赔礼道歉。"李轻羽站起身,冷声说。

李嫒嫒咬了咬牙,终于屈服了,向可莹道:"嫒嫒之前口出不逊,顶撞公主,还望公主恕罪!"

"那以后你打算怎么做呢?"可莹故意问。

"安守本分,谨言慎行。"李嫒嫒硬撑着回答。

可莹走到桌案前,抬手执笔,将李嫒嫒方才说过的话写了下来,然后将红泥印递给她:"口述无凭,本官要你在这纸上按个红手印,才相信你以后不会再犯同样的错误。"

"这!"李嫒嫒感觉受到了侮辱,可是又不好出尔反尔,只好在纸上按下了红手印。可莹笑眯眯地将纸收了起来:"这就妥了,白纸黑字,以后妹妹可要记着自己今日的承诺。"

"公主若没有其他事,嫒嫒先行告退。"李嫒嫒不等可莹回答,转身就匆

匆走出宫外。

李轻羽不悦:"邠王太宠她了,这算什么礼数?"

"罢了罢了,她已经受到教训了。"可莹晃了晃手里的纸。

李轻羽笑了笑,想起了什么似的,责备道:"你也真是的,跟李嫒嫒计较什么?她这是摆明了激怒你,要你把事情闹大。"

"我知道,可是我就是捺不住自己的性子。"可莹收了笑,想起方才的争吵,有些闷闷不乐。

"怎么了?大喜的日子,你居然还愁眉不展?"李轻羽笑起来,"说吧,到底是什么事惹得你心烦?"

可莹抬头望向外面,目光迷茫:"我并非被李嫒嫒搅得心神不宁,而是觉得她不过是小小的一个缩影,更多的危险还在后头。"

她指了指外面:"你看到那些冰柱子了吗?我将那个比作李嫒嫒,可是我又何尝不是冰柱子?站得高,说不定摔得就重。"

这宫里最不缺的,就是叵测的人心、龌龊的手段,以及隐秘的陷阱。

李轻羽面色一肃,快步走到可莹身后。

"不用怕,只有太过刚硬的冰柱子才会被打落在地。"他语气温柔而坚定,"熬过严冬,等春日到来,冰柱就会融化为水,滋润泥土,绽放鲜花。"

只要,熬过严冬……就会有春天吗?

二

　　冷宫里不同于正宫那样热闹,而是另一番景象,到处森冷破败。安乐公主抱着包裹,一连走过两条走廊都没见半个人影。

　　寒风乍起,她立即打了个冷战。

　　"公主要不要先找个地方避一避?给皇后娘娘送衣服的事情就交给奴婢吧。"安乐公主身后的小宫女怯怯地说。

　　"闭嘴!这是什么日子,本宫必须要亲自面见皇后!"安乐公主发怒。

　　"是……"

　　小宫女惧怕地退后两步。

　　安乐公主又走了两步,忽然眼角看到一个人影,正在右侧宫房的廊檐下坐着。她扭头一望,顿时又惊又悲:"母后!母后你怎么在这里坐着?多冷啊!"

　　廊檐下,韦皇后身穿一件单薄的棉服,斜着身子坐在长椅上,正抬头痴痴地望着天空,偶尔抬手拂一下被风吹乱的头发,就因为这个动作,安乐公主才发现了她的存在。

　　"母后,你这是何苦啊?"安乐公主心疼地将一件披风裹在她身上,"这里冷,我们进屋去说。"

　　"安乐,你要和母后保持距离,免得母后的罪责波及你。"韦皇后喃喃地说,"就像从前一样,表现得和我并不亲厚。"

　　安乐公主沁出眼泪:"母后,儿臣不怕!儿臣宁愿承担全部罪责,也不想让母后受苦。"

　　"不行!你现在是母后唯一的希望了,你不能再出事。今日回去,你一定要继续装作对母后不屑一顾、漠不关心的样子,懂吗?"韦皇后突然来了精神,眸中闪过一道危险的光芒。

　　"父皇现在最疼爱儿臣,儿臣是高高在上的安乐公主,怎么会出事呢?"安乐公主抹着眼泪。

　　韦皇后凄然一笑,指了指房檐:"你看,那是什么?"

安乐公主循着韦皇后所指的方向看去，只见廊檐下挂着一排晶莹剔透的冰柱子。

安乐顿时不解："这是……冰柱子啊！"

"你以为你身居高位，就可以安枕无忧？"韦皇后冷声说，"其实你只不过是这冰柱子而已！一朝被人算计，你就会从廊檐下跌落，摔得粉身碎骨。"

安乐公主顿时面露惧怕："那……那我该怎么做啊？"

韦皇后看了不远处的小宫女一眼。小宫女心领神会，立即连连后退数步，再不敢多看多听。

"母后，你尽管说，她听不到。"

安乐公主凑近韦皇后。

韦皇后露出一抹诡秘的笑容，慢慢地道："不想做冰柱子，除非你做那九五之尊，从此再也没人威胁到你。"

安乐公主脸色一僵，肩膀颤抖起来："什么？可是……"

她何尝没想过这件事？女子为帝并不是孤例，则天皇帝就是她的亲奶奶。可是如今的局势复杂啊，前有狼后有虎，父皇尚且在位不说，自己的姑姑太平公主也不是省油的灯。

尤其太平公主是则天皇帝最宠爱的女儿，在朝中亲信无数。所以就算再出一个武则天，那也是她的姑姑太平公主，轮不到她啊！

"傻孩子，太平公主姓李，你也姓李，怕什么？"韦皇后笑了起来，"你皇奶奶姓武，都能统治大唐二十年。你是李家的人，有尊贵的血统，还是嫡长公主，谁敢不服！"

安乐公主怔怔地看着韦皇后，心头血迅速沸腾起来。

"眼下，你要走两步棋，"韦皇后说，"第一步，积累实力。第二步，铲除异己！"

安乐公主咬了咬牙，握住了韦皇后的手："母后，我听你的。我一定要让你风风光光地走出这里，也要让我一生荣光不散。"

"不，你先别管我……"

"母后,你以为女儿能独善其身吗?"安乐公主语气凄凉,"你我是母女,撇不开的!"

韦皇后浑身一震,怔然片刻才说:"那你一定要小心行事。"

"我会的。"安乐公主眯了眯眼睛。

要做,就做人上人!

只有成为强者,才能纵横捭阖,才能肆意妄为!

三

春寒和冬寒到底是不同，新年刚过了几日，那股刺骨的冷就收了锋芒，再没有咄咄逼人的气势。

只是天气稍暖，天下却不安稳起来。

先是北方暴发了冻灾，冻死、病死的人与日剧增。再就是每到深更半夜，皇宫上方总回荡着奇怪的女人哭声，声音高一声，低一声，很是哀怨。

可莹被那哭声搅和得难以入眠，索性起了个大早，去向皇帝请安。她今日披了件红底绣梅的披风，发髻上并没有太多金饰，只是簪了一朵梅花，素净中带着热闹，并不失礼数。

一眼望去，可莹如同冰天雪地里缓缓摇曳的一株红梅。

"公主今日的装扮真喜庆，要是吐蕃王子在，肯定眼珠子都要掉下来了。"青儿忍不住多看了可莹两眼，谁都爱看美人。

可莹两颊绯红，往青儿鼻尖上一点："别胡说，堂堂吐蕃王子不是你能编派的。还眼珠子掉下来，难道人家的出息就这么一点儿？"

"不是王子没出息，是公主太美。"

可莹脸更红了，白了青儿一眼没说话。

不料，主仆二人刚走到暖书阁外，就听到安乐公主的哭声隐隐传来。可莹顿时犹豫了，在宫门外停步。

青儿疑惑地问："公主，怎么不进去啊？"

"安乐公主在里头呢。"

"安乐公主不是和公主很亲近吗？你们碰到一块，正好叙旧呢。"青儿天真地说。

可莹露出极淡的笑意，不置可否。

她素来喜欢青儿的天真无邪，所以不愿意和她说太多后宫阴谋。青儿并不知道，表面上看，她是和安乐公主很要好，可是韦皇后因为她而被打入冷宫，她不得不防着安乐公主了。

"还是回去吧。"可莹抬头望了望天色。日光在金色琉璃瓦上跳跃，如同

天落金箔，一片片闪闪发光。

青儿点头，正要转身，没想到一个人横在眼前．拦住了可莹的去路："姐姐不是要去给皇上请安吗？怎么到门前了却不进去呢？"

可莹不悦地看着眼前的李媛媛。她的这个王妹，还真的是阴魂不散！

李媛媛挽着她的胳膊，不由分说地往里拉："金城姐姐，我知道你一片孝心，特意向皇上请安的，你就陪我觐见皇上吧！"

她的声音不大不小，正好传到了守宫的宫人耳朵里。宫里立即响起了通传声："皇上，金城公主和燕安县主到了。"

因为邘王的关系，李媛媛年前被封了燕安县主。

可莹无奈，只好跟着李媛媛进去。一进宫室，她就看到皇上满面阴沉地坐在椅上，安乐公主满面泪痕地在地上跪着，气氛格外冷僵。

二人行礼，皇帝让二人平身后，可莹就自觉地站到一旁，沉默不语。

李媛媛故作讶异："安乐公主这是怎么了？这地上多凉啊，到底是什么事……皇上，安乐公主身子弱，你不能让她这样啊！"

"金城公主，燕安县主，不要管我！为了黎民百姓，我就算是粉身碎骨也在所不惜！"安乐公主掩藏起眼中一抹怨恨，期期艾艾地说，"司天监进言，北方冻灾是因为帝后不和，凤位不稳，才使得上天震怒，降下灾难！我向父皇纳谏，请求恢复母后尊位……"

可莹这才记起，前阵子司天监是来觐见过皇上，只是不知道说了什么，被皇上好一番训斥。现在看这个样子，她才知道，司天监当时肯定是将北方冻灾的原因归为皇后受苦了。

可笑，冻灾是自然灾害，和皇后遭难有什么关系？

"皇后罪有应得！"皇帝语气生硬，"韦后做了什么？残害皇族，搅乱朝政，她就该在冷宫里待着！"

李媛媛闻言，"扑通"一声跪下了。

她伏在地上大声说："皇上，后位不稳，的确会引起乾坤动荡。为了天下苍生，恳请皇上放出皇后，先安后宫，再安天下！"

可莹将这出戏尽收眼底,一声不吭。她心里很清楚,安乐公主和李媛媛是联手为皇后求情来了。

"朕决定的事情就不要再说了!"皇帝眼眸中怒火熊熊,"要朕如何原谅她?金城公主差点儿死在皇后手上!还有,还有……"

皇帝说到一半,便哽住了。

还有柔妃,那个他真正深爱过的女人,也是死于韦后之手。

玲珑骰子安红豆,入骨相思知不知?自从柔妃死后,他每每想起她便痛彻心扉。思卿心痛,痛入骨髓,岂能不知相思苦?

纵然他心怀万种柔情,却再也没有想要温柔以待的人。

纵然他后宫红粉三千,却再也看不到那个人的一个回眸,一抹轻笑。

纵然他坐拥天下,皇权在握,却再也无法拥有多年前那个黄昏,美人伴随清越铃声幽幽而来。

人生不如意事十之八九,那如意的一二才显得弥足珍贵。

可是面对两个女儿,皇帝也只能压下对柔妃的思念,将满腔的愤怒转为一句轻叹:"宽恕皇后,就是对不起金城公主。"

"谢父皇疼惜。"可莹忙跪地谢恩。

安乐公主却在此时满面泪痕地看向可莹:"金城公主,母后知道错了!她只是一时糊涂,才会对你做了错事。你一向最为仁厚,定是不愿看到母后在冷宫里受苦,看北方的百姓备受煎熬!你就说句话吧,让父皇饶过皇后吧!帝后和谐,才能天下平安!"

"是啊,皇后再怎么说也是皇后,是上天注定的凤凰命格,轻慢不得。"李媛媛也在劝说。

可莹无奈地暗叹一声,戏终于演到了高潮。

安乐公主掐准时机,李媛媛等在暖书阁门口,就是为了将她扯进为皇后求情这件事情里。她要是不愿意原谅皇后,那就是不仁不义,置苍生于不顾。真是好算计!

要原谅皇后,就要忘记柔妃是怎么死的,自己是如何中毒的。一想起李轻

羽痛苦的面容,可莹的心就一抽一抽地疼。

原谅皇后,就等于打落牙齿和血吞,这不是她李可莹的风格。

"父皇自有决断,做儿女的怎么可以左右圣意呢?原不原谅皇后,那是父皇的事,儿臣不愿意多言。"可莹不紧不慢地说,"至于北方的冻灾,女儿倒是想起吐蕃王子以前说过,他们吐蕃医生对这类冻伤最为拿手,药材也极为便宜。"

皇帝眼神一亮:"当真?"

可莹说:"吐蕃气候寒冷,长年累月的寒灾让他们有很多治愈冻伤的经验。我记得他给我看过那药方,方子里用药低廉,大量制造,国库也不会受到什么影响。"

"可惜,吐蕃王子已经离开了大唐。不过,倒是可以派使者先发信鸽,再一路追寻。"

"父皇英明。"可莹含笑说。

皇帝看了看安乐公主:"安乐,你不是因为心系遭受冻灾的百姓,才来见朕的吗?现在这冻伤方子比恢复皇后之位更有效,也更要紧,你退下吧,朕要赶紧去处理这件事。"

安乐公主哑口无言,跪在地上一句话也说不出来。她精心准备的求情,就被可莹三言两语转换了话题。

李媛媛支支吾吾了半晌,也没话要说,只好将安乐公主扶了起来。

皇帝赞赏地看向可莹:"金城,你做得很好,你们就先下去吧。"

"是。"

三个人从宫里出来后,安乐公主狠狠地擦掉泪痕,怒瞪着可莹:"李可莹,你什么意思?"

"对啊!韦皇后那么可怜,每夜哀愁忧苦,你居然没有一丝同情!"李媛媛也语气凶狠地说。

可莹眨巴了两下眼睛:"同情啊,但我更同情灾民。对了,刚才你们还说忧心北方百姓,现在怎么又说同情皇后了?我提了一个给灾民治疗冻伤的好办

法，你们应该开心才是。"

"解救遭受冻灾百姓的方法，需要的不是什么药方，而是恢复韦皇后的尊位，促成帝后和谐！"安乐公主气得微微颤抖。

可莹故意装傻："莹儿不懂什么天象，只想做些实事。如果灾民的事无法妥善解决，那再试试恢复皇后尊位也不迟。"

安乐公主怒极反笑："好一个不懂，好利索的嘴皮子！以后有你哭的时候，到时候别后悔！"

说完，她便愤愤地转身离去。

李媛媛没有跟着离开，而是不满地对可莹道："姐姐，韦皇后迟早会走出冷宫，你何必当那个阻拦的人？"

"那我为什么要当那个帮她的人？"可莹反问。

李媛媛摇头："姐姐，这件事你做得愚蠢。安乐公主如今风头最盛，你别以为自己能和她作对。好自为之吧。"

好自为之？

这句话应该她来说吧？

可莹感到可笑，没多说什么，带着青儿离开了。她知道今日之事做得不妥，但她想不到更好的办法来避其锋芒。

有人打掉牙齿和血吞，有人牢牢记住了鲜血的味道。

四

不几日,可莹就体会到了来自安乐公主的威胁。

先是自己的份例无缘无故地少了一半,再就是送来的瓜果糕点要么是劣等的,要么是馊的。

这些都是李媛媛分派的。她作为宫口协助淑妃的女官,得了鸡毛当令箭,到处克扣可莹的份例。

青儿愤愤不平,去找李媛媛讲理。李媛媛却说:"皇上下令从国库调拨粮食和伤药给灾民,宫里吃穿用度都要俭省,你们应该支持,怎么还能挑三拣四呢?"

"可是给我们的东西都是坏的!"

"那这样吧,我把已经送出去的上好瓜果收回来,再调拨给金城公主,你看怎么样?"李媛媛干脆耍赖。

青儿空手而归,将事情原原本本地描述给可莹听。可莹听了,微微一笑:"你一定想让我去跟皇上告状,对吗?"

"她凭什么把上等的瓜果点心给安乐公主,就给我们一些次品?都是公主呀!"青儿抹了抹眼泪。

可莹不动声色,只是走到窗前,侍弄着一盆迎春花:"这些和国事比都是小事,怎么能去劳烦父皇呢?"

"公主就这样忍耐,要忍到什么时候呢?"

"你放心,忍不了一世。"

可莹觉得,只要皇帝仍然宠爱她,只要有李轻泺在身边,她就不惧命运,不惧风浪,并不是自己有多强,而是有谁在身边。

正想着,忽然一只灰色信鸽降到迎春花旁,脚上还绑着一卷宣纸。

可莹一呆,下意识地从信鸽脚上拆下宣纸,展开一看,发现居然是吐蕃王子的笔迹。

汉字写得歪歪扭扭,一看就是他亲笔写的。吐蕃王子信中大意是,回吐蕃的路上甚是思念大唐,所以队伍走得特别慢,一听到大唐暴发了冻灾,需要吐

蕃的药方,他就立即返程了。

可莹哑然失笑。

这个吐蕃王子,不好意思直说想继续在大唐游玩,居然要借着药方继续留下。就一张药方的事,用鸽子传递回来不行?非要拐回头回大唐。

她正对纸条笑,忽然听到门外有宦人通传:"八皇子到!"

可莹忙转身去迎,便看到李轻羽从外面走进来,面上隐有怒容。她忙问:"皇兄,怎么了?"

"那个李媛媛简直欺人太甚!"李轻羽怒道,"按照往常惯例,我宫里能分得两百石的上等马草,结果她这次分给我一百五十石上等草料、五十石中等草料!"

可莹沉吟道:"看来这个李媛媛,不单单针对我了。"

"她也克扣你了?"

可莹让青儿先退下,才将事情说了出来。李轻羽蹙眉说:"要不,我去跟父皇说说。"

"万万不可。"可莹摇头。

安抚灾民,重建灾区,已经花去了国库一大笔钱。父皇整日为这些事烦忧,作为大唐的皇子和公主,应该做出表率,勤俭节约,怎么能为了份例去如此计较呢?

她没这份心,也张不开这个嘴。

李轻羽也想到了这一层,语气冷淡,表情纹丝不动:"放心,她得意不了多久,我听说她对太子也是如此待遇。"

太子?那可是将来会继承大统的人啊!李媛媛对太子也如此苛刻,这简直是挖坑自己跳!

可莹太阳穴突突一跳,觉得哪里不对劲,可又说不上来。她从袖中掏出那张宣纸递给李轻羽:"这是吐蕃王子的信,他说会折返大唐。"

"胡闹!吐蕃那边归期已定,岂能更改?"李轻羽变了脸色,"而且吐蕃政局不稳,他又是王子,这样随意更改行程,会被人弹劾和大唐有勾结的!"

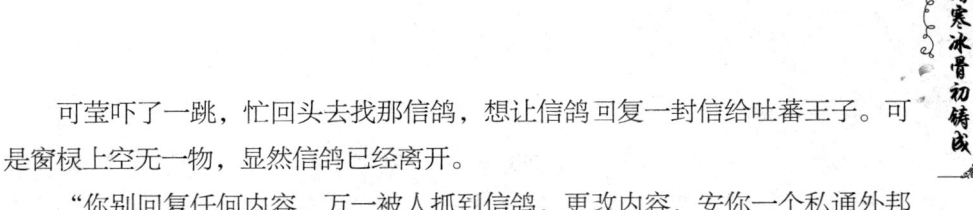

可莹吓了一跳，忙回头去找那信鸽，想让信鸽可复一封信给吐蕃王子。可是窗棂上空无一物，显然信鸽已经离开。

"你别回复任何内容，万一被人抓到信鸽，更改内容，安你一个私通外邦的罪名，可就全完了。"李轻羽提醒。

可莹一愣："有这么严重？"

"当然，吐蕃王子和我们再亲厚，那也是外邦人啊。"李轻羽看完吐蕃王子的信，将信收了起来，"奇怪了，吐蕃王子应该比我还要清楚这件事的重要性，怎么会贸然给你发信？"

可莹摇头。这一系列事情的确诡异。

"这件事，你先不要和任何人提。"

"皇兄小心。"可莹嘱咐道，心里又空落落起来。

吐蕃王子之前出使大唐，是为了两邦友好。表面上看，吐蕃王子身负众望，但如果他滞留大唐，的确会引来怀疑。

希望吐蕃王子万事皆好，如果因为她的一句话，令吐蕃王子遭遇不测，那她可真是打心底愧疚。

五

一连几日，可莹都因为担心吐蕃王子而寝食难安，偏偏李媛媛还到处生事，谏言淑妃，在皇宫里弄了一个赛马比赛，理由是冻灾灾民得以抚慰，要庆祝一下。她亲自给可莹下了战帖，要可莹必须参赛。

因为每年都有春狩和秋猎，所以皇子、王爷们都有养马。可是可莹是公主，并没有饲养马匹。

当可莹以这个理由拒绝的时候，李媛媛满不在乎地说："你找八皇子借马不就行了？"

"八皇子的马是他自己的，不是我的。"可莹不想多说。

"安乐公主也参赛了，你要是不参赛，后宫哪有几个女眷陪着她参赛啊？"李媛媛态度蛮横，"姐，你莫非是怕了？"

可莹闻言顿时气不打一处来，被欺负挑衅到这份儿上，泥人也该耍出三分性子了，更何况是她李可莹！

"怕，当然怕。"可莹慢悠悠地说，"不过我怕的是，你们输了会哭鼻子，白白让你们被笑话！"

李媛媛瞪圆了眼睛，跺了跺脚："走着瞧！看看最后是谁哭鼻子！"

轰——

空气中似乎传来无声的一场爆裂。两个人墨眸对视，眸中刻着彼此，战火瞬间燃起。

水与火，日与夜，黑与白，这就是她李可莹与李媛媛的命运。

她怨李媛媛压制她多年，李媛媛恨她夺了本属于自己的公主之位。她们注定是相互针对，只是不知道这仇恨是不是至死方休！

六

赛马在五日后，天气晴朗，春寒再料峭，地面也已经开始化冻，天光将未解冻的薄冰照得闪闪发亮。

比赛地点在校场，这里平日就是诸位皇子练习武术、马术的地方。

皇帝听了淑妃的禀报，也对比赛产生了浓厚的兴趣，因此拨冗观看，并许下承诺，比赛获胜者可以得到一件绿碧玺。

奖品并不重要，重要的是这份荣誉。

可莹刚进校场，就看到几名皇子摩拳擦掌，太子李重俊也在队列之中，他显得格外紧张，来回不停地搓手。安乐公主则和其他几位公主谈笑风生，显然对比赛十分有把握。

"金城公主，你今日真是让本官开眼了。"淑妃从台上走过来，拉住她的手上下打量。

可莹今日换上了一身骑马服，长发已经高高束起，利落身姿显得英姿飒爽。

淑妃连声赞叹："你要是个男儿身，绝对能成国之栋梁。"

"淑母妃说笑了，可莹就会点儿假把式。"可莹故作羞涩地低下头。站在淑妃身旁的李媛媛，翻了一个嫌弃的白眼。

"公主谦虚了。本官已经和皇上说了，只要你这次表现不错，也给你赏赐。"淑妃宠爱地拍了拍可莹的手。

可莹含笑暂别淑妃，往皇亲队列中走去。

李轻羽牵着一匹马走过来，道："你暂时用我的马吧，这是我养的最好的马，你绝对会胜出的。"

那匹枣红马膘肥体壮，四蹄踏雪，一身强劲的腱子肉。可莹摇头，拒绝道："这是你最好的马吧？我不要。"

"为什么？"

"大家的目光都盯着皇亲队，所以你的面子丢不起，肯定要用最好的马参赛。至于我呢，输赢不重要，一般的就可以了。"

李轻羽犹豫了一下，才说："可是这匹最好的马已经驯熟了，你骑上不会出任何问题。其他的马匹我特意留了它们的野性，你能驾驭吗？"

"能。"可莹望了望李轻羽的马倌，对他说，"你把那匹白马留给我吧。"

李轻羽无奈，只好依言照做。

比赛开始，公主队率先出战，皇亲队作为压轴，放在后面进行较量。

可莹认镫上马，一手拉住缰绳，一手紧握马鞭。她绷紧身体，做出准备姿势，同时望向终点。

其他公主也都上马，准备比赛。

就在这时，可莹忽然发现身下的白马有些烦躁不安，粗大的鼻孔里不时喷出腥臭的气味。

她安抚地拍了拍马脖子，压低身子。

"开始！"官人挥鞭砸地，发出一声清脆的鞭响。赛马如同利箭一般冲了出去，向前方飞驰。

马蹄踏起尘浪，浪潮在平地上汹涌，又被疾驰的马队甩在身后。可莹一甩马鞭，鞭尾打在白马臀部，白马顿时受了刺激，冲了队伍的最前列。

这段赛程上一共设置了三处障碍，用榉木段搭成。考虑到公主们平日里身娇肉贵，障碍只有一米高，很轻松就能跨越。

可莹率先抵达第一个障碍，稍拉缰绳，白马就抬起前蹄，飞跨障碍。安乐公主紧跟其后，和她只差了两三米。

眼看可莹就要抵达第二道障碍，身下白马忽然双膝一跪，倒在地上。可莹一个措手不及，从马背上翻滚下来，摔得浑身剧痛。可是她咬牙忍痛，以肘支起上半身，利索地翻滚开去，才躲避开一匹赛马。

如果她被这匹赛马踩中，那可真是要命了。

观战台上大乱，侍卫们纷纷向可莹跑去。李轻羽轻功最好，立即飞身上前，将可莹扶起来："可莹，你怎么样？"

可莹想说什么，却吐出一口血。

李轻羽顿时心神俱裂："你别吓我！太医，太医！"

太医狂奔而来，简单检查了一下，才说："八皇子放心，公主没有大碍，因为咬破了舌头才吐血的。"

李轻羽这才放下心来，掏出手绢给可莹擦拭唇角的血迹。可莹惊魂未定，嘴里又痛着，艰难地说："我……我没事的。"

皇帝在淑妃等人的伴随下匆匆赶到，声音都颤抖了："这到底是怎么回事？好好的马匹怎么会突然……"

"启禀皇上，那匹赛马是八皇子的。"

宫人恭恭敬敬地说。

一刹那，所有的目光都集中在李轻羽身上。李轻羽眸光瞬间冷锐，命身后的马倌说："去查一下，我的马到底是怎么回事。"

马倌匆匆跑到跪在地上的白马身边，仔细检查了下，顿时脸色煞白。李轻羽提声道："怎么回事快说！"

"皇子爷，这白马应该是生了恶疾腹痛，才会如此反常。"马倌满头是汗，瞥了一眼躺在地上抽搐的白马。

皇帝皱起眉头，厉声道："这马不是你来照料的吗？为何会生恶疾？定是你照料不周。"

"皇上，臣无能！但具体原因，臣还要查探。"马倌满脸愧色，忙求情道，"求皇上给臣一个时辰，臣定能查个明白。"

皇帝脸色不佳，不置可否。

可莹挣扎着站起来，向皇上盈盈拜倒："父皇，不如就给他点儿时间，让他查个明白吧。"

"行，如果责任在他，这罚是饶不了的！"

皇帝面色阴沉。

可莹也心有余悸。

如果她落地的时候不够机警，没有避开后面的那匹马，那她这会儿就是一块肉饼了。

马倌谢过,便和两名宫人匆匆离开。

说话时,公主队的赛马已经结束了。安乐公主兴冲冲地跑过来:"父皇,儿臣拔得头筹!"

淑妃面色尴尬地看了皇帝一眼。

皇帝不悦地说:"安乐,金城受伤了,还不快来看看。依朕看,赛马就此结束吧!"

安乐公主一呆,转身扶着可莹:"皇妹,你怎么会从马上摔下来,没事吧?"她声音殷切,满脸焦急,看上去真的像在关心可莹。

可是下一刻,安乐公主却凑近可莹,压低声音道:"装什么矫情?是你太笨才失足落马。"

说这句话的时候,她语气里恨意十足,握着可莹的手也用了十足的力道。可莹不动声色地抽出手,软声回:"谢皇姐关心,可莹没事了,只是嘴里磕破了皮而已。"

她再望向皇帝,道:"父皇,可莹没有受太重的伤,就别耽误赛马了,扫了大家的兴致,可莹担当不起。"

"是啊,可莹说的也有道理。"淑妃悄悄地扯了扯皇帝的衣袖。

那些皇子为了在赛马中好好表现,已经训练了好几日。如果现在因为可莹终止了比赛,估计有不少人会对可莹不满。

皇帝沉吟了一下,道:"那好吧,等马倌查明原因,就继续赛马。"

可莹点了点头,在宫女的搀扶下走向观战台。

台上已经备下了软垫和热茶,供她休息。太医也调制好了药品,等待着为她包扎。

这一切都体现着皇帝对她的重视,然而可莹心里还是失落。原本,她是可以取得名次的。

李媛媛看着狼狈的可莹,眼睛里出现一抹快意。她扬声对李轻羽道:"八皇子,你的马倌怎么这么长时间还不回来?该不会畏罪惧罚,逃了吧?说起来,赛马有问题,你这个主子也脱不了干系。"

第一章 清寒冰骨初铸成

李轻羽看了李媛媛一眼，淡声说："责无旁贷，甘愿受罚。"

可莹心里气愤异常，想帮李轻羽说话，可是皇帝并未开口，也不好说什么，只得低下头。

大概过了一盏茶工夫，马倌和两名宫人匆匆赶来，见到皇帝就跪地道："皇上，白马生病的原因查出来了。"

"哦？说来听听。"皇帝道。

马倌道："臣翻了下草料，发现有一部分草料已经腐烂，白马就是吃了这样的草料才会生病的。"

说着，他扭头看向身后的宫人。宫人手里捧着一个托盘，托盘里放着几根已经潮湿变色的草料。

"草料怎么会腐烂？"皇帝皱起眉头。

李轻羽冷声道："草料自打送来的时候就不新鲜了，加上库房有些潮湿，就腐坏了吧。"

"送来的时候就不新鲜，那这是宫人的问题！"皇帝狠狠一拍椅靠，"目前宫内负责采购草料的宫人是谁？"

周围一片死寂。

李媛媛一副看好戏的样子，正等着有人能站出来领罪。不料，她很快发现所有人都默默地看向她……

欸？

李媛媛这才记起来，淑妃管账拨银，指挥采买的人好像是她。

"皇……皇上！"李媛媛赶紧向皇帝跪下，"臣女采买的草料绝对没有问题，都是……物美价廉。"

没等李轻羽开口，皇帝身后的众妃开始抱怨起来："哪有什么物美价廉啊！商家低价，肯定没好货！现在我宫里的糕点都开始掺假了，上次我宫里的人闹肚子，都不知道是不是糕点的问题。"

"我也是，那果子放了几天就坏，应该不新鲜。"

"还说呢，我这个月刚发的布匹，展开一看，竟有脱丝的地方。唉，价格

是便宜了，质量也打马虎。"

皇帝看着李媛媛，脸色更加阴沉："燕安县主，你怎么说？"

淑妃更是满脸气愤，道："县主，我以为你人小能干，才劝说皇上对你委以重任，你怎么能这样做呢？"

李媛媛瑟瑟发抖："皇上，只是一小部分出了问题，大部分采买都是上等货……"

"住口！宫内采买，要事无巨细，岂可马虎！"皇帝怒不可遏。

李轻羽拱手道："皇上，草料事小，却会导致马匹生病，危及皇族生命，这绝对不能姑息！"

"李媛媛，你今日犯了错，但念及你年幼，就从轻处罚。"皇帝甩了甩衣袖，"禁足一个月，面壁思过！"

李媛媛咬了咬牙，无奈地伏下身："谢皇上。"

可莹坐在一旁，一言不发。她抬眼看了看安乐公主，安乐公主一副好整以暇的样子，丝毫没有为李媛媛求情的意思。

这就是李媛媛维护的人？可莹在心里冷笑。

简单休整以后，皇帝下令，皇亲队继续赛马。

可莹在观战台上远眺，望见李轻羽一只轻骑，英姿勃发，稳居马队前列，才渐渐放下心来。

只要他表现良好，能在皇上跟前稳固地位，就可以了。毕竟，他没有母妃，只能依仗皇帝。

很快，赛马结果尘埃落定。临淄王李隆基第一，李轻羽位列第二，太子李重俊名列第三。

皇帝龙颜大悦，给了临淄王格外丰厚的赏赐。轮到李轻羽，皇帝语重心长地道："轻羽，你年纪也不小了，武功才学都不错，朕给你封王怎么样？"

李轻羽一惊。

李隆基哈哈一笑，拍了拍李轻羽的肩膀："你们瞧瞧，这一封王，八弟都

欢喜呆了,连谢恩都忘了。皇叔,你可别怪罪他。"

李轻羽这才跪下谢恩:"谢父皇赏识,儿臣定将忠心耿耿,为国效力!"

皇帝笑着点头。

"恭喜八皇子,真是少年英才!"

"皇上器重八皇子,这是八皇子的福分。"

众人纷纷向李轻羽祝贺。

可莹也被这突如其来的喜事弄蒙了,痛楚也减了几分。她想起柔妃,想起李轻羽吃过的那些苦楚,再看他如今这般少年得志的模样,心里感慨万千,眼角竟有些潮湿。

李轻羽面上笑着,笑意却未达眼底。他低下头,眼眸中闪现一抹悲伤。

一

　　为了庆祝李轻羽即将封王，可莹好一阵准备。她从库房里寻了一套上等的徽州文房四宝，决定送给他当贺礼。

　　可是到了李轻羽所居住的宫苑，可莹却没有寻到人，只看见几名宫人在打扫庭院。

　　"拜见金城公主。"宫人们忙欠身行礼，"皇子爷在后院练剑呢，要不小的给您领过去吧？"

　　"不必了，我带着青儿过去。"这宫苑，可莹也不是第一次来，熟门熟路的，也就不想麻烦宫人。

　　她一路分花拂柳，轻步来到后院。还没穿过月洞门，就听到剑声凌厉，破空传来。推开半扇木门，她看到李轻羽正在一棵桃花树下练剑，身姿如龙似蛟，手上剑光雪亮如银。

　　剑气刚烈，击落不少桃花，地上已经铺就一片粉红。

　　可莹用眼神示意青儿在门外等候，然后拎起裙裾，施施然上前。李轻羽听到动静，回头看是可莹，蓦然收起剑招。

　　清风过处，一朵粉嫩的桃花悠然飘落，稳稳地停在剑尖。

　　可莹笑盈盈地上前，将那朵桃花从剑上拿下，放在鼻下轻嗅，笑道："好香。皇兄，你这运势亨通的，就连桃花也比别处香几分，果真是福地。"

　　李轻羽容色不动，示意可莹在树下石桌旁坐下，才说："伤好了吗？不好好养伤，出来做什么？"

　　"当然是给你送贺礼呀！"可莹将手里的锦盒放到石桌上，"你马上要封王了，我要趁着你宫里门槛没被踏破之前，赶紧把贺礼送来，不然到时候万一挤不进来可怎么好？"

　　她这话说得风趣，李轻羽脸上却没有笑意，只是道："多谢你费心，只是我觉得这并不是一件喜事。"

　　"封王还不好？"

　　李轻羽摇头："其实当时马倌去查验草料的时候，除了发现草料腐坏，还

发现马厩里有几根毒草。"

"什么?"可莹一惊。

"幸好那几根毒草是我的马倌发现的,他偷偷藏起来,事后才向我禀告。不然,李媛媛和你是一父同胞的姐妹,这事情会牵扯到你。"

明明是初春时节,可莹却觉得浑身发冷:"那个下毒的人以为你要用白马赛马,才给白马下了毒。可是赛马那日,我不肯用你安排好的赛马,和你互换了赛马。也就是说,那个下毒的人针对的是你,想让你出丑。"

李轻羽慢慢地点了点头:"也可能是……想让我死。"

"不会……吧?"

"皇亲队的赛马可比公主队的烈多了,如果我从马上摔下来,很容易就被后面的赛马踩踏而死。"

可莹看着李轻羽,怔怔无言。也多亏公主队的参赛人数比较稀少,她容易躲避。如果换作李轻羽,一旦跌落在人马众多的赛道上,肯定比她更加凶险万分。

"还有一件事,我需要你知道。"李轻羽倒了一杯清茶,推到可莹面前。

"什么事?"

李轻羽垂了垂睫毛,犹豫了一下才说:"吐蕃王子果然出事了,他在回吐蕃的路上遇袭,不得不躲进一处山谷里。如果不是我的人及时赶到,我们恐怕再也见不到他了。"

"啊?"可莹睁大眼睛,"是谁袭击他?"

"应该是吐蕃王子的哥哥。"李轻羽沉吟道,"吐蕃王子死了,他的王兄就能成为吐蕃王,这是他的分析。"

"那他现在人呢?"

"你放心,他虽然受了伤,但被我安置在一处安全的地方养伤。"李轻羽从袖中掏出一张纸递给可莹,"这是你之前收到的信,用火一烤,就出现了另一行字。"

可莹展开纸条,只见纸的边角上出现了一行被火熏得焦黑的字:囙囙月牙

谷，歹匪约五百，速速来救！若此命休，便告知可莹，此心甚笃。

最后一句，分明是在交代遗言。如果他死了，就要托李轻羽告诉她，他对她的赤诚之心。

"这傻瓜……"可莹心里难受，泪盈于睫。

李轻羽将纸条收回，从腰中掏出火石和火绒，擦出小火苗，将纸条焚毁："可莹，我们和吐蕃王子是两个国家的人，但我们的处境是相同的——我们的亲人，可能想杀死我们。"

这里是皇宫，也是权力场。权力的角逐，从来都是残酷而嗜血的……

可莹低着头，在泪光中看到火舌吞噬了纸条，地上留下几块黑灰。只是几块黑灰，便让满园的春色全部黯淡了。

二

厢房里没有燃火，冷冷清清的。

李媛媛坐在床上抱着被子，冻得浑身发抖。她口中喃喃地道："等着，你们等着……"

门"吱呀"一声开了。

"父王，母妃！"李媛媛抬眼看到邠王和侧王妃走了进来，忙起身去迎。她的泪珠像断了线的珍珠，不停地往下掉落。

邠王恨铁不成钢地看了她一眼，道："惩罚事小，丢人事大，你怎么能落得这般境地？"

"还不是李可莹，居然和李轻羽联手害我！"李媛媛咬牙切齿。

"那你克扣官例，是不是事实？"

李媛媛目瞪口呆。侧王妃心疼了，上前抱住李媛媛，软声道："王爷，媛媛这是为了给国库俭省，一片苦心。"

"那给安乐公主开特例，也是苦心了？"邠王反问，"安乐公主是很难惹，但绝对不是你可以拉拢的人！你到底懂不懂？"

李媛媛低下头。自从她被禁足以来，安乐公主一次也没有露面，连为她求情都不曾。

"原本想让你为邠王府争取声望，以助我在朝中势力……看来你真的不行。"邠王摇头叹息，"你不用禁足了，虽然皇上有令，但在王府，这点儿权力我还是有的。"

李媛媛顿时眼神急切，往地上一跪："父王，皇上并没有撤我的职，我还是能出入皇宫的！你放心，我一定会扫清耻辱，成为让你引以为傲的女儿！"

邠王眼神深沉，顿了半晌才道："眼下有个机会，不仅能让你扫清耻辱，还能让你众星捧月……"

三

阳春三月,皇帝颁发了"诗文令",征集天下第一诗篇。大唐是一个盛行诗风的朝代,一纸"诗文令",激起千层浪,无数文人骚客都想在这次"诗文令"里崭露头角,名扬天下。

只是不知何时,坊间巷陌里开始有诗篇传出,歌颂着安乐公主的美貌。一传十,十传百,百姓们开始赞美起安乐公主来,将她誉为"大唐第一美人"。

听到这个消息的时候,可莹正在给杜鹃花修剪枝叶。青儿在旁边发牢骚:"公主,那'诗文令'刚颁布几天,文人墨客就开始赞美安乐公主的美貌,这明显有问题。"

"有什么问题?"可莹手里的小银剪刀上上下下地修剪,并未停止。

"安乐公主养在深宫,诗人们怎么可能见到她呢?既然见不到,那现在赞美她的诗都是编的,这明显有猫腻。"青儿贼兮兮地凑过来,"别是安乐公主故意安排诗人写的吧?"

可莹笑着看了青儿一眼:"是又怎么样?"

"啊,看来是真的!那些诗人还真是没有风骨!"

"你啊,还真的是不明白。"可莹摇了摇头说。

"公主请指教。"

"对于那些诗人来说,安乐公主美不美根本不重要,重要的是能取悦皇上,毕竟安乐公主是最得宠的公主。写这样的诗是没有风骨,却是再保险不过了,运气好的讨安乐公主欢心,她说不定能进言给皇上,让这位诗人得个什么赏赐。何乐而不为?"

在世上,人们缺少什么,便努力去证明什么。伪善的人口口声声说自己最善良,贫穷的人拼命让别人相信自己富有,痛苦的人为自己营造出沉浸在幸福中的假象……越是高调示人,越是心虚。

安乐公主这样做,恰恰说明她没有声望和威信。韦皇后并不讨喜,所以安乐公主才要用这样的方法来挽回一点儿颜面。

"公主,既然众人都如此看重这次'诗文令',那你要不要参加呢?"青

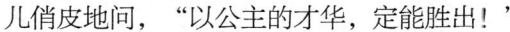

儿俏皮地问，"以公主的才华，定能胜出！"

说话间，一只信鸽扑棱着落在窗前。可莹眼神一亮，忙从信鸽的脚上取下一只小铜管，从里面掏出一张字条。

她看完，笑了笑说："青儿，收拾一些随身物品，我去找八皇兄。"

"公主想做什么？"

"出宫。"可莹笑吟吟地说，"既然这样热闹，那宫外一定有好戏看。"

青儿懵懵懂懂地问："什么戏非要出宫看？公主，前阵子宫里请来的戏班子演戏可好看了。"

可莹刮了青儿鼻梁一下，笑道："此戏非彼戏，戏角儿也不是那些戏子，比台上的戏更精彩呢！"

四

"公主,今日又新出了几首诗,还请公主过目。"一名绿衣宫女奉上几篇诗文。

安乐公主坐在绒椅里,腿上盖着毛毡,正抚摸着臂弯里的一只白猫。她傲声道:"念给我听。"

"是。"绿衣宫女念了起来。

安乐公主侧耳听着,忽然道:"'美人轻舞似月姮'这句,不好。"

宫女吓了一跳,忙问:"是哪里不好?还请公主明示。"

"似月姮,就是说我像嫦娥。但问题是,'像'永远比不上'是'!"安乐公主抬起眼眸,目光灼灼,"难道我还不够美?"

宫女赶紧跪在地上:"是那帮诗人没眼色,写出这样的蠢句子!我这就让他们去改!"

"这就对了,诗写得越漂亮,赏钱就越多。"安乐公主容色冷漠,"让他们继续写,使劲写!越多越好!"

"是!"宫女拿着诗篇退下了。

桌案上的镂空镏金小香炉里,飘出一股淡紫色的轻烟。安乐公主倾了倾身子,闭上眼睛嗅了一下。

"这么多诗赞美我,我就不信当不了第一美人。"安乐公主一边轻抚白猫,一边得意地笑起来,"到时候,让母后出宫简直轻而易举。"

财富和权势,她都不缺,她缺少的是声望。若真能成为公认的第一美人,她必然更受宠爱,超过她的姑姑太平公主!

超过了那个曾经最得武皇宠爱的太平公主,还有谁能比过她?没有!

她要做人上人,自己头上就是天,再也没有其他人能凌驾于自己之上!

五

长安的西市熙熙攘攘,商贩们正在沿街叫卖,店铺里传来热情的吆喝声,各色商品货物看得人目不暇接。

有售卖皮草的,有卖琵琶古筝的,有卖五谷杂粮的,还有笔行、玉器行、驴行……

"皇兄,这西市可比东市热闹多了。"可莹看得惊叹。她和青儿此时已经换上了便装,跟着李轻羽偷偷溜出宫。临行前,李轻羽告诉她会带她来这里,只是她没料到这里居然如此繁华。

李轻羽背着手,微微淡笑:"那是自然,东市靠近三内,百官不可入内,自然就没这么多商贩和买客。"

在大唐,商贾被归为"贱类",朝廷官员不可以购买任何物品。曾经有一位大官下朝后在路边摊买了一张烧饼,因此被人弹劾,没能顺利升职。

"那我们来这里……"可莹眨巴了下眼睛。

李轻羽半开玩笑地说:"咱们只是来逛逛,别说买烧饼,连个烧饼上的芝麻粒都不买,你又怕什么?"

话虽如此,但可莹眼巴巴地望着首饰摊上的手钏、项链和耳环,还是有些眼馋。

只要买一件,只要被人发现,她这个大唐公主很可能就不用做了。

"注意,我们到了。"李轻羽忽然放慢脚步,将身形隐匿在摊位后面。前面五十米处有一栋酒楼,酒楼里人头攒动,十分热闹。

可莹往门口扫了一眼,立即笃定地说:"看到那顶深灰锦帘的轿子没?那就是李媛媛的,只要她不想引人注意,就会坐这顶轿子。"

李轻羽没说话,拉起可莹,往酒楼的后门走去。

此时,酒楼里正在进行一项隐秘的交易,并没有人发现异常。

李媛媛一副寻常人家的打扮,身上套了件普通襦裙,就连配饰也是再寻常不过的银饰。唯一能看出她尊贵身份的,就只有那雪凝般的白皙皮肤,以及十根娇嫩的手指。

　　她坐在桌前，慢慢呷了一口茶："钱我有得是，关键是诗要写得好，写得妙！"

　　坐在她对面的是一个獐头鼠目的瘦小男人，穿着一身蓝缎袍子，笑起来声音桀桀作响。

　　"这你放心，最近的诗都是一流诗人写的，保证安乐公主看了高兴。"鼠目男人笑起来，眼睛眯成了一条缝。

　　李媛媛顿时气不打一处来："谁要歌颂安乐公主美貌的诗啊？难道除了称赞她美丽，你们就不会写诗了吗？"

　　鼠目男人没想到拍马屁拍到了马蹄上，咳了两声道："谁让赞美安乐公主的诗最保险最好卖呢？当然，你要其他诗也可以！鄙人不才，人称'长安第一诗贩'，自然是要什么诗有什么诗。"

　　诗贩子，顾名思义，就是从大量诗人手里低价收购诗文，然后再倒手高价转卖给其他人，他们赚取中间的差价。很多人写不出好诗，就去找诗贩子买诗，然后再署上自己的名字。

　　"我想要什么样的诗都可以？"李媛媛问。

　　诗贩子拍了拍胸脯："什么都可以，只要你说！"

　　"我要赞美我是大唐第一美人的诗！"李媛媛哼了一声，"价钱好说。"

　　诗贩子目瞪口呆，半晌才说："这个做不到！"

　　"为什么？难道我比安乐公主丑吗？"李媛媛不服气。她就算没有安乐公主身份尊贵，也是同宗同族，能差到哪里去？

　　诗贩子幽幽一笑，道："有能跟安乐公主斗艳的美人，早就……"他做了一个砍脖子的动作。

　　李媛媛顿时毛骨悚然："你胡说！安乐公主才不是那样的人！"

　　为了当上大唐第一美人，安乐公主居然会杀人？

　　李媛媛心乱如麻，在她的印象里，安乐公主是无礼、多变、虚伪了一点儿，但不至于这样狠毒。

　　"这是信得过你，才跟你说，换作旁人，我根本就不搭理！"诗贩子不耐

烦起来，起身就要走。李媛媛这才慌了神，站起来喊住他："留步！我买就是了。"

诗贩子回身，贪婪地笑起来："看小姐这意思，是要买多少呢？"

"你看呢？"李媛媛干脆拍出一张银票，"这是订金，只要能让我名扬天下，怎样都行！"

诗贩子将银票收起，谄媚地笑道："我说句实在的，真正写诗的要么早就成名了，要么根本不屑于卖诗给我。小姐要想名扬天下，就得另辟蹊径——贵在多。"

"多？"

"诗家太多，想拿第一，你我都没那个本事。但如果你的诗作最多，是不是也一样可以名声在外？"诗贩子提点。

李媛媛眼神一亮，道："是呀！如果我写个几百首几千首出来，那我就可以是'大唐第一诗姬'！"

这样做，既不会抢安乐公主的风头，又能让自己名气大振！

"那就这么说定了。"诗贩子从袖中掏出一沓纸给她，"这是十首绝句，你先呈上去。"

李媛媛接过来，眼神发亮。她正要将诗作放好，忽然门外刮进一阵风，将房门推得"哐当"一声。

她大怒："谁？我不是说了，没有我的允许不许进来吗？"

说时迟，那时快，只见一股旋风刮过，诗贩子就被李轻羽反剪双手，牢牢地按在桌子上。诗贩子哇哇大叫，不停地求饶道："小姐，我可没犯事啊，这到底是谁啊？"

李轻羽出手利索，以手为刀砸在诗贩子的后颈处，诗贩子吭也没吭，立即晕了过去。

李媛媛一呆，连连后退。

可莹慢悠悠地从外面进来，将房门关好，抬眸看向李媛媛："你居然买诗？你知不知道，这要是科举，你这种行为就是作弊。"

"什么作弊？我不明白你在说什么！"李嫒嫒脸色难看，"李轻羽，你干吗总是针对我？我和诗友相会，讨论诗文也碍你的事了吗？"

李轻羽面如覆霜，三下五除二从诗贩子腰里搜出了一张银票。他用两根手指夹着银票，晃了晃："讨论诗文，怎么还牵涉到钱了？"

"这不是我给的！"李嫒嫒还在负隅顽抗。

"可莹，等会儿咱们去查查这银票的来历，如果和王府有关，那就是从李嫒嫒这边出去的。"

可莹重重地点头，作势要接过银票。

李嫒嫒终于屈服了，忙道："哎！我说我说，我是找人买了一些诗，可是……我没想着害人，我就是想扬眉吐气。"

"扬眉吐气也犯不着这样吧？父王知道这件事吗？"可莹严肃地问。

李嫒嫒摇头："不知道，他让我写诗，可是我哪里有诗情……可莹，你赢了，虽然你命运坎坷，可是到头来你得到的比我多。既然如此，你何必还追着我不放呢？"

可莹哭笑不得，将银票还给李嫒嫒："这次就算了，下不为例。这个诗贩子我得带走，不能这样便宜了他。"

"嫒嫒谢过姐姐！"李嫒嫒屈了屈膝盖，向可莹行了一礼，就急匆匆地走了出去。

李轻羽看可莹："你就这样放过她了？"

"嫒嫒总要明白一个道理，若要人不知，除非己莫为。"可莹说，"我今日放过了她，希望她能好自为之。如果她仍然不知收敛，其他人却不会肯放过她。"

"看你这能言善道的，你自己也要想办法在诗文大赛里出点儿风头啊。"

可莹刮了李轻羽的鼻梁一下："你还说我，你自己怎么不参赛？我相信以你的诗情才华，肯定能拔得头筹！"

李轻羽淡淡一笑："你知道的，诗文大赛不过是贵族们笼络人心的噱头罢了。自从上次赛马差点儿出意外，我已经对这些权术游戏没兴趣了。"

"可是，如果你一点儿都不参与的话，父皇会怼你……"

"不用说了，可莹。现在我带你去看一个人，他已经等你很久了。"李轻羽拨开窗扇一角，警惕地望着外面。

可莹又紧张又失落。

紧张的是，就算李轻羽不说，她也知道他要带她去见谁。

失落的是，就算好言相劝，她也没办法吹散李轻羽眉宇间的那抹愁绪。

六

两个人一路出了城,往城郊而去。如今是初春,柳条抽芽,绿水潺潺,青山可爱,风景简直美如画卷。

到了一处寺院,李轻羽下了马车,领着可莹走进去。迎上来的是一位小沙弥,他对着李轻羽弯腰一礼:"八皇子,王子已经醒了。"说着,便领着他往里面的禅房走去。

到了最偏僻的一处禅房,小沙弥才轻声说:"八皇子,到了。"李轻羽去推禅房门,可莹立即嗅到房中的一股药味。

"真想不到,堂堂王子沦落到这般境地。"可莹看了看禅房里的凋敝景象,不由得唏嘘。

"能活命就不错了……记得当时刚救下他的时候,简直是个血人……"

可莹心酸不已,眼眶发热,如鲠在喉。

小沙弥也一脸悲伤,跟着两个人走了进去。他指了指禅床:"王子还在休息,两位先等一等吧。"

李轻羽走到床边,轻叹:"我们马上要回宫,等不了。王子,醒醒,可莹来了。"

禅床上的被子一动不动。

"喂喂,醒醒……"李轻羽伸手去推被子,手感却觉得不太对劲。

"人呢?"李轻羽掀开被子,发现被子底下只有一个枕头。

可莹见状,脸色大变:"不会被劫走了吧?"

李轻羽眉头一拧,转身问小沙弥:"不是让你们好好看着吗?这人去哪里了!"

小沙弥吓得目瞪口呆,慌张后退:"这……我马上去叫方丈过来!"

"喂,等等,我在这儿!"吐蕃王子的声音突然从外面传来。

可莹和李轻羽赶紧跑出禅房,抬头一望,只见吐蕃王子蹲在一棵榆树上,手里拿着一只纸鸢。可莹哭笑不得:"王子,你在上面干什么呢?"

吐蕃王子顿时惊喜,轻身一跃跳下树枝,将纸鸢递给可莹。

"无聊的时候做了个纸鸢玩,没想到挂到树上了。送你了!看看,喜欢吗?"

纸鸢是用细竹竿做的,上面蒙上了一层绢布。布上描绘的应该是燕子,只是吐蕃王子似乎不太会用颜料,涂得不均匀,活脱脱把一只燕子画成了狗熊。

那滑稽模样不仅逗笑了可莹,连小沙弥都笑了起来。

吐蕃王子脸上挂不住了,哼了一声道:"笑什么笑?你们中原玩意儿可难用了,这足足费了我半天工夫呢!"

可莹跟着吐蕃王子进了禅房,举着那只纸鸢说:"只要是你画的,都挺好。不过为什么是燕子呢?如果是雄鹰,你应该画得更好。"

吐蕃王子刚想说什么,李轻羽立即接过话茬:"你是思乡了吧?前天刚教过你一首《燕歌行》——秋风萧瑟天气凉,草木摇落露为霜,群燕辞归雁南翔。念君客游思断肠……"

"没有,你们都误会了,我在这里挺好的。"吐蕃王子跷起二郎腿,从袖子里掏出一小瓶酒。

可莹瞪圆了眼睛:"王子,入乡随俗,你在这佛门净地,是不能喝酒的!"

"喀喀,这里太无聊了,我只是喝几口酒解闷。"吐蕃王子一仰脖,咕嘟嘟灌下一大口酒,"方丈不让我喝,我就躲在树上喝。"

李轻羽冷眼看着,忽然开口:"王子,你想哭就哭吧。"

"我不想哭!"

"不想哭,那你怎么一脸泪痕?"

吐蕃王子一抹眼睛,恨恨地说:"这不是眼泪,这是酒太烈,熏的!不就是画了只燕子吗?你看你们一个个穿凿附会的!"

李轻羽慢悠悠地说:"哦,原来你真的哭过。说实话,其实我刚才根本没看到你脸上有泪痕。"

吐蕃王子一呆,眨巴了两下眼睛,顿时满眼的泪光。他默默地低下头,抽泣起来。

可莹赶紧上前,轻拍吐蕃王子的后背,以示安慰。吐蕃王子哽咽着说:"我没想到,我的兄长希望我死……小时候,他带我去打猎,教我熬鹰,给我烤肉吃。长大了……他怎么就这样狠心了呢?"

男儿有泪不轻弹,只是未到伤心时。不是酒太烈,伤太深,也不是岁月孤寂,长日渺渺,而是——心太痛了。

那个让他爱之敬之的兄长,已经随着一场伏击变得面目全非,也让他对人生产生了怀疑。

"不管怎样,喝酒不利于你养伤,还是别喝了。"李轻羽夺下吐蕃王子的酒壶。

说话时,吐蕃王子的肩膀渗出了血水。可莹又是惊讶,又是心痛如绞:"这伤口怎么还没好?是不是因为喝了酒?"

"也不全是喝酒的缘故,是因为箭上淬了毒,虽然已经给王子解过毒了,但是伤口难好。"李轻羽皱着眉头说。

"又是稀奇古怪的毒药,那要如何才能治好呢?"

"我已经询问了大夫,需要用一种名贵兰草'月尖'的花做药引,七七四十九日,才能解毒。"

可莹心头顿松:"哪里能找到月尖的花?"

"月尖非常娇贵,听说要用白土栽培才会开花。我打听过了,只有宫里的香兰居里才有白土和'月尖'。"

香兰居,是皇帝最心爱的兰草宫苑。皇帝却从来没有让任何人踏入过香兰居。想来,香兰居里栽满了各种各样的兰花香草,是皇帝心中的第一圣地,不容任何人亵渎吧?

"如果'月尖'的花太难得到,那就算了。正好兄长想让我死,那我就死掉好了。"吐蕃王子颓唐地低下头。

可莹一惊,忙蹲下来认真地盯着吐蕃王子的眼睛说:"就算所有人都希望你死,你也要活下去!命是父母给的,是上天的恩赐,不要为了任何人而放弃!"

她一指李轻羽："我八皇兄前阵子赛马，要不是运气好，早就中了圈套，死在马蹄之下了。我呢？我从小就被妹妹欺负，表面上是个王府千金，其实背地里被刁难，想吃个豆沙糕都得看人脸色。"

吐蕃王子怔住："你……"

"如果我听任他人欺辱，恐怕早就烂成一摊泥了。自暴自弃是很简单的事，但那样做只能是让亲者痛，仇者快。他们越是想要除掉你，你就越是要活得堂堂正正。你懂不懂？"可莹说到最后，眼角闪着泪光。

吐蕃王子沉默了。

七

　　两个人又陪着吐蕃王子寒暄了一阵，才告别出来。

　　马车缓缓离开寺院，向长安城内行驶。车上，李轻羽幽幽地说："我知道，你那番话虽然是对着王子说的，但也想让我知道。"

　　可莹装傻："今天说了很多，我不知道是哪句话。"

　　"你说，自暴自弃是很简单，但那样做只能是让亲者痛，仇者快。"李轻羽感慨说，"我越是消沉，就越是让那些人快活。"

　　可莹调皮地一歪头："那你打算参加诗文大赛了？"

　　李轻羽神情笃定："以另一种方式参加，到时候还请你站在我这一边。"

　　"啊？是什么？"

　　"回头再告诉你。"李轻羽的目光停留在可莹的脸上，"现在，我只想送你一份礼物。"

　　可莹茫然。

　　李轻羽命车夫停车，自己跳下车。过了一会儿，他才捧着一个纸袋回来，递给可莹："给，刚出炉的豆沙糕。"

　　可莹脸上绯红，不好意思地笑道："我又不是小孩儿，怎么买这个？"

　　"你刚才说，李媛媛整天欺负你，你想吃个豆沙糕都吃不到。"李轻羽哼笑，"这可奇了！天底下的豆沙糕是她的吗？凭什么不让你吃？要我，偏要给你吃，让你吃到腻味，再也不想吃为止。"

　　可莹抿唇轻笑，咬了一口豆沙糕。豆沙丝丝的甜味充满齿颊，又慢慢渗入心头。

八

很快，可莹就知道李轻羽所说的"以另一种方式参加诗文大赛"是什么了。

那日天气晴朗，因为皇帝召见，用过午膳后可莹就跟着青儿去了御花园。刚到石桥边上，她就远远看到皇帝、淑妃和李轻羽站在桥上。尤其是皇帝，满脸的喜悦之情。

可莹上前，盈盈一拜："儿臣参见父皇。"起身后，她莞尔一笑，"父皇这样欢喜，不知道是不是北方的冻灾有所缓解了？"

"朝廷正在救灾，你父皇喜的是另一件事。"淑妃扯了扯可莹的衣袖，笑道，"是皇上打算让你八皇兄当这次诗文大赛的诗评官！"

可莹一惊，顿时一个透心凉。

谁不知道，这次诗文大赛入选的都是一些贵族子弟？那些人的父辈都是朝堂上响当当的人物。

无论李轻羽给哪首诗好评，都会得罪其他人。

万一他们报复李轻羽怎么办？

但如果李轻羽做个老好人，给所有入选诗文好评，又会惹得皇上不满，说他没有原则。

总之，这是一桩苦差事。

"父皇，我想八皇兄不太适合当诗评官，毕竟他不过大我两岁，年轻着呢，能服众吗？"可莹硬着头皮说，"八皇兄，你也别往心里去，皇妹我说的是事实。"

李轻羽看着她，笑而不语。

皇帝眉头一挑，道："我看他刚才给朕评的诗，好得很哪！"

淑妃也道："是啊，你父皇刚才写了一句'香出芙蓉迎霄凤，碧园晴光胜仙琼'。你八皇兄改了一个字，就深得你父皇的心意！"

"改的是哪个字？"可莹脸上挂笑，心里发苦。

皇帝接过话茬："轻羽说，'迎霄凤'说的好像是把凤凰接过来一般，不对！这皇宫里本来就是龙凤居所，应该改'迎'为'悦'。朕觉得很妥当，正

好淑妃看到这满池的芙蓉,也笑逐颜开了。"

"皇上……"淑妃羞涩地笑。

可莹勉强挤出一抹笑:"八皇兄改的是很妙,只是就改这一个字,就让他做诗评官,有点儿……"

"皇妹,我已经答应父皇了。"李轻羽打断了她的话,"而且我还向皇上推荐了你,协助我一同评诗。"

"我?"可莹怔住了。

皇帝看她:"怎么,可莹你不同意?朕前阵子还看了你的诗,觉得很有见地。"

可莹忙摇头:"谢父皇赏识,儿臣领旨。"

话虽如此说,但可莹心里是一百个不情愿。她陪着皇帝和淑妃逛了一会儿御花园,就找了个借口告退了。

可莹正心事重重,忽然看到安乐公主趾高气扬地从前面走过来。见到她,安乐公主一脸得意:"哎呀,这不是诗评官小金城吗?你们还不赶快唤一声诗评官,巴结对了,她就夸你们的诗,让你们得皇上青眼!"

跟着安乐公主的宫女们,纷纷掩口轻笑,一脸轻蔑。

青儿怒了,道:"安乐公主此言差矣,金城公主受皇帝所托,责任重大,岂能接受你们的贿赂!"

"哟哟,这还没怎么着,架子就先摆上了。"安乐公主不怀好意地盯着可莹。

可莹不由得感慨宫里的消息就是传得快,还没一个时辰,安乐公主就知道她和李轻羽被委任为诗评官的事了。

可是就算心里不乐意,但她还是不卑不亢地说道:"安乐姐姐,我能有什么架子?诗好不好,全看父皇的意思。我再摆谱,也大不过父皇。"

"还算你有点儿自知之明。小金城,你和李轻羽这次可是接了烫手山芋了。"安乐公主一摆手,让身后的宫女们后退三步,自己乐悠悠地上前,"谁不知道,朝里那些个大臣,巴巴地指望自家儿子能在皇上面前出风头呢。你和

李轻羽这一个不留神，那就是得罪人的事。"

可莹冷笑："皇姐这是打定主意，要看我和八皇兄的笑话了？"

"你们成笑话了，对我有什么好处？"安乐公主凑上来，目光里透出一丝阴狠，"看你们可怜，我可以帮帮你们，告诉你们谁能帮，谁不能帮。但是前提是——你和李轻羽以后都要听我的。"

可莹忽然觉得很好笑。一个诗文大赛，最后居然成为名门贵族往脸上贴金的逐利场。

"皇姐说岔了，诗好诗坏，我如实评价，没有好不好之分。"可莹挺直脊背，"父皇颁布诗文令的初衷，是以诗文会天下，没想到被这么多人解读出弯弯绕绕，这些人可真够恬不知耻的。"

"你大胆！"安乐公主目瞪口呆，她没想到可莹居然敢顶撞自己。原本以为软硬兼施，就能让可莹和李轻羽归顺自己，没想到她竟然蹬鼻子上脸。

安乐公主正要说什么，夹竹桃花丛后面突然响起了"啪、啪、啪"三声掌声，接着，李轻羽稳步走出，墨眸如点漆。

"皇妹说得真好，本来就是个以诗会天下的事，谁知竟被这么多人解读出弯弯绕绕。"李轻羽周身散发着寒意。

安乐公主脸上挂不住了，哼了一声，转身离去。

望着安乐公主的背影，可莹渐渐失去了方才的冷锐气场。她有些失落地道："皇兄，安乐公主有一点说得对，这个诗评官当不得。"

当初父皇不愿意被人指摘一言堂，就在朝内选诗评官。没想到，指谁谁推辞，不是生病就是摔伤，无人敢接。今日也算他们倒霉，居然撞上了。

"不，我是主动请缨要做这诗评官的。"李轻羽笑眯眯道。

可莹倒吸一口冷气："你疯啦？"

"我很清醒，是你在这皇宫里迷失了自己。"李轻羽上前一步，紧紧盯着她，"我感谢你，及时点醒我，让我不再消沉和逃避，那番话简直是醍醐灌顶。但如果勇敢活下去的生存之道就是夹起尾巴做人，圆滑世俗八面玲珑，那我觉得还是算了，反正那样的活法也是生不如死。"

可莹愣住了。

半晌,她才结结巴巴地辩解:"那……那也不能送上门去……"

在王府十几年,在这皇宫里的一段时日,都告诉她不能对任何人掉以轻心。这样虽说保全了自己,可也让她活得缩手缩脚。李轻羽在镖局长大,骨子里有一股侠义,自然不肯屈就。

"放心吧,我自有办法。"李轻羽自信满满。可莹看他那副样子,眉毛终于舒展开来。

她温然笑出来:"皇兄足智多谋,我可能多虑了。"

等到李轻羽离开,可莹才叹了一口气。

青儿也是唉声叹气,道:"公主,八皇子不可能有好办法的!"她想了想,"你想想看,这件事吃力不讨好,里外不是人。认真评诗不行,不认真评诗也不行,好像真的只剩两个办法了。"

"什么办法?"

青儿愁眉苦脸:"第一个,去皇帝面前辞掉诗评官。第二个,跟安乐公主合作,巴结权势大的,其他不起眼的门阀自然不敢吭声。八皇子说的办法,应该是这两个中的一个吧?"

可莹摇头:"以他的性格,估计哪个也不是。"

"公主,那可怎么办?"青儿急不可耐。

"走一步看一步吧!无论他要上刀山还是下火海,我都陪他。不就是断骨削皮吗?我李可莹,陪得起。"可莹一字一句地说,目光里透着坚毅。

九

　　回了自己的宫苑，一只雪白的波斯猫迎了上来。安乐公主终于按捺不住，狠狠地踢了过去。

　　波斯猫痛呼一声，伸爪在安乐公主的裙子上挠了一把。这宫裙是今春布匠们的新款，外面罩着一层轻纱，走起路来罗袜生尘，飘逸如仙。如今被猫爪一挠，那层纱立即破开一道。

　　"哎呀！居然敢抓本宫！"安乐公主顿时大怒，"来人，把这猫给我扔到水里淹死！"

　　"公主恕罪，这猫可是皇上赏赐给公主的，万一被人知道……"一名绿衣宫女唯唯诺诺地跪地求饶。

　　安乐公主眯着眼睛，往那波斯猫的方向走了两步，忽而哼笑："不会有人知道，除非你们说出去。"

　　"奴婢不敢！"宫女们顿时慌乱，乌压压跪了一地。

　　"本宫衣柜里美衣珠宝多得是，就缺这一件衣服吗？一件衣服破了，也不是什么大不了的事。"安乐公主慢悠悠地说，话锋却忽然一转，"可是谁敢向本宫伸爪子，本宫就绝对不饶她！"

　　绿衣宫女满脸惊恐，扑身上前，将波斯猫抱在怀里。她连声道："公主息怒，我这就淹死这只猫。"

　　"你说错话了。"安乐公主冷冷地说。

　　"啊……公主息怒，是这只猫自己贪玩，跌入池塘里淹死的。"绿衣宫女结结巴巴地说。

　　安乐公主这才满意地点了点头，扭身往宫室里走去："算你聪明，说来也巧了，猫死了，本宫倒是知道写什么诗了。"

　　宫女们阿谀奉承着，拥着安乐公主往宫室里走。那名绿衣宫女将波斯猫按到水里，波斯猫奋力挣扎，猫爪溅起阵阵水花。

　　宫室里，安乐公主斜倚在软榻上，听着外面凄厉的猫叫，微微笑开。

　　"可莹，总有一天，我要你——犹如此猫！"

一

诗文大赛当天，又是一个艳阳日。

大地回春，暖意一点点蓄积。当第一朵春花在枝头摇曳的时候，人们才意识到，春天是真的来了。

在这明媚的季节里，有酒有花，有美景有美人，怎能没有诗？

既然有诗，不仅要有咏景诗、咏物诗、咏人诗，也要有抒情诗。毕竟，诗以咏志，要让皇帝看到自己的胸怀，全看这一回了。

皇帝还没到场，宴会上各家贵族子弟已经到齐了。诗文大赛的入选者，无一例外都是皇亲国戚，来自民间的诗人一个也没有。

诗文大赛的决赛，设在御花园内的一处小园子里。绿地上摆满了席位，贵族子弟们已经落座，个个摩拳擦掌，眼睛里放着精光。

可莹经过一对子弟身边，看到这番情形，脑海里顿时浮现出一个词——獐头鼠目。

你看左边那个，眼睛小得像芝麻绿豆，却透着贼光，活脱脱一只大硕鼠。再看右边那个，脑袋尖尖，一脸狡诈，不是獐是什么？

相由心生，这些人从面相上看就没什么善意。

可莹正在感慨，忽然听到"鼠目"轻声说："这位兄台，听说今年的诗评官是两个毛孩子？"

"獐头"立即回答："可不是！一个是刚认亲的皇子，一个是认养的公主，懂什么啊？这摆明了是皇帝要他们放水给我们嘛！"

"就怕这样的人肠子太直，万一难搞怎么办？听说八皇子和金城公主都是块铁板呢！""鼠目"啧啧道。

"怕什么！就是两个毛孩子，铁板就铁板！铁板也能给他掰弯喽……呵呵，根本不足为虑。敢得罪我们家，看我父亲怎么整治他们！""獐头"打哈哈。

这番对话全被可莹听去，她顿时气不打一处来。本来想上前呵斥两人，但淑妃的目光遥遥望来，可莹只得忍气吞声，走到淑妃身边坐下。

"他们说话不好听,是吧?"淑妃递过来一杯茶。

可莹谢过,道:"是。"她顿了顿,委屈地道,"淑母妃,反正今天我和八皇兄这坏人当定了,既然要做坏人,那干脆就彻底一点儿,一点儿委屈都不忍!你刚才就应该让我给他们一点儿教训!敢诋毁皇族,他们吃了熊心豹子胆了!"

淑妃温柔笑开,遥遥指着那对"獐头鼠目":"那个长得像老鼠的,父亲是当朝宰相。那个长得像獐的,姨母是当朝的皇后。他们凭这些,就敢诋毁皇族。只是你没必要和他们一般见识,识时务者为俊杰。"

可莹噘着嘴巴,道:"如果识时务的做法是夹着尾巴做人,那可真是有失风骨。"

淑妃一怔,思绪飘远。

"淑母妃,你怎么了?"可莹见淑妃久久不语,忙轻声唤道。

淑妃这才回神,爱怜地抚摸着可莹的头发:"这句话,倒是很像我年轻时候会说的。"

"淑母妃年轻的时候,是什么样的?"可莹好奇。

仿佛是想起了美好的回忆,淑妃面上泛起一阵红晕:"彼时,我还是则天皇帝身边的一个女官,现在的皇帝还是一个王爷。有一次,我在深宫中遇见他,他突然问我,觉得则天皇帝是一个什么样的人。"

"你怎么回答的?"可莹脑海中顿时出现了无数个褒义词。则天皇帝,是大唐第一个女皇帝,那种气魄和手腕,非常人能比。

然而淑妃回答:"我一本正经地回答说,则天皇帝不是好人。"

可莹吓了一跳,四处张望发现没有人注意,才低声道:"淑母妃,你这话是大不敬,你……"

"你看看你,要是那时的皇帝在意,我还能坐在这里吗?"淑妃点了点可莹的鼻子,"我之所以敢说这话,是因为我一不怕死,二受尽宠爱。则天皇帝生前最宠幸的女官就是我,她也乐意听我说她不是好人。你想想看,让满朝文武束手无策,掌管朝政二十年的人,会是一个好人?坐到那个至高无上的位子

上,别人说你是好人还是坏人,对你还有意义?"

可莹似乎明白了什么,又什么也没有明白,只怔怔地看着淑妃。

眼前的淑妃娘娘,是则天皇帝曾经宠爱过,也想杀掉的人。她艳若桃花,参透世事,嘴里说起惊天往事,却像闲聊一般。

"你想当好人明哲保身,或者想当坏人破罐子破摔,这两种选择都没有错。关键是你能不能全身而退。"淑妃谆谆教诲,"当好人,就不能被人欺辱。当坏人,就要让人泄不出火来,你明白吗?"

可莹似懂非懂:"明白了。"她往淑妃肩上一靠,撒娇地说,"淑母妃这是说我像根墙头草,一会儿当好人,一会儿当坏人,都没个自己的主意。"

少女娇憨可人,撒起娇来更是惹人心疼。淑妃立即被她逗笑了,往她额头上一点:"你这孩子,就会卖乖。"

话音刚落,身后就传来两声咳嗽声。

可莹回头,立即看到安乐公主站在身后。她垂着一双美目,眼神轻蔑地瞄了可莹一眼,面上却恭恭敬敬地行礼:"见过淑母妃。"

行过礼后,安乐公主继续亲昵地说道:"哎呀,皇妹今天这身衣服好美啊!"

可莹立即起了一身鸡皮疙瘩。这是安乐公主惯用的一招,表面上伪善友爱,背地里阴刀暗箭。

夸她美,最终目的还不是要让她反过来夸自己美。

"皇姐说笑呢,您的这身宫裙才真是美。"可莹说。

安乐公主得意,拍了拍可莹的肩膀说:"皇妹真是嘴甜,姐姐我那里有几盒香粉,回头你拿去试试。淑母妃,我先去席边坐了。"

说着,她飘然而去。

安乐公主今日的服饰非常华美,头上插着数根金簪,一根步摇下流苏闪闪,在发鬓旁摇曳生姿。身上宫裙也艳压群芳,是瑰丽的烟霞紫,两条粉色披帛从臂弯里垂到脚边,走起路来飘然若仙。

她一落座,顿时引起了惊叹:"安乐公主果真美如天仙!"

"这样美的人,此女只应天上有!"

"可惜啊,这样的美人,母后却被关在冷宫……"

"嘘——别被她听到,不然又该伤心了。"

众人窃窃私语,声音却不大不小,让上座的人听了个七七八八。

可莹见其他公主也跟着落座,便向淑妃告别,施施然也去了公主席那边。她衣着清雅,天生丽质,自有一番神韵在眉目间。

有人突然低声道:"我怎么觉得,安乐公主美则美矣,但太过艳丽。金城公主清丽脱俗,也配得上这诗文大赛。"

旁边立即有人道:"谨言慎行!安乐公主之前就交代过,只准夸赞她的容貌,不可多言。"

众人立即噤声。

无人吹捧逢迎,可莹倒是乐得清闲。她转过一双美目,看到李轻羽和一众皇子一同来到园子里,谈笑着落座,立即心神安定。

看他状态尚佳,她就放心了。

淑母妃方才告诉可莹,无论做好人还是被迫做坏人,都要能全身而退。可是,她现在最希望能全身而退的人,是李轻羽。

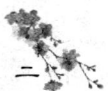

二

"皇上驾到——"一声宦人的喝声响起。

众人立即起身行礼,山呼万岁。皇帝在御林军的簇拥下落座,道:"平身。"

"谢万岁。"

皇帝呵呵笑着,让可莹和李轻羽从席上站出来:"朕这两个孩子平日里性情温良,颇有文采,所以就让他们做了诗评官。诸位有异议吗?"

"皇上英明!"

"八皇子和金城公主聪明灵秀,诗才满溢,自然是当得起!"

可莹偷看一眼,发现说得最起劲的,就是"獐头鼠目",顿时不屑起来。这两个人,刚才还说他们是一对毛孩子,什么都不懂呢!

"朕还听说,这回诗文令颁布以后,民间写的最多的诗是赞颂安乐公主的?"皇帝宠爱地看向安乐公主。

安乐公主忙站起身,乖顺地道:"回父皇,儿臣听闻后一直惴惴不安,毕竟姐妹们这样多,儿臣怎好独占美名呢?"

"就算你想让出美名,又怎么让世人都传颂着呢?"皇帝和颜悦色,"朕的安乐公主,当得起大唐第一美人的称号!"

其他公主再怎么不情愿,此时此刻,也不得不站起身来,向安乐公主道贺。安乐公主扬扬自得,几乎要按捺不住狂喜之心。

这是皇帝亲口所说,她是大唐第一美人!

大唐崇尚美貌,只要她占据这第一美人的位置,就等于收拢了大批的人心。到时候,做什么都可以……

安乐公主正沾沾自喜,忽然听到皇帝道:"金城公主,八皇子,你们去评诗吧!"

所有入选的诗,已经写在纸上,被平铺在一方锦台上。

李轻羽信步上前,打开了第一卷。

可莹立即紧张起来,上前看了两眼,发现那是一首言志诗。这首诗文采不

凡，意向高远，不过是不是有人代笔，就不知道了。

该怎么评呢？

安乐公主冷笑，上前道："父皇，儿臣觉得，诗评官除了要注意诗句的格律、押韵、平仄，还要注重诗句的意境。立意好，意境磅礴的诗算作上乘；格局小，意境局限的要算作下乘。这样才能让众人口服心服。"

皇帝满意地点头："安乐的提议很好。两位诗评官，有问题吗？"

可莹知道安乐公主又在使坏，逼着她给这些诗文评个高低。得了低分的人，必定要对自己怀恨在心。

思及此，她只得向皇帝道："回父皇，以意境高低来评判诗文好坏，有些不妥。"

"那你说说，有什么不妥？"皇帝笑容一滞。

可莹扫了一眼安乐公主，发现她正挑衅地看着自己，便淡淡地说："父皇，诗文从心而发，由感而生，写的都是真情实感，既然是真情实感，何曾有高低之分呢？"

可莹闲暇时，最喜欢读诗。

当读到"东临碣石，以观沧海。水何澹澹，山岛竦峙"的时候，她能感受到一股豪迈的浩然之风；

当读到"物华天宝，龙光射牛斗之墟；人杰地灵，徐孺下陈蕃之榻"的时候，她几乎身临滕王阁，感受到浪漫张扬的美景；

再读到"冬雷震震，夏雨雪。天地合，乃敢与君绝"的时候，她仿佛听到了穿越百年的海誓山盟。

你能说哪种意境高明，哪种意境低劣？

"为国效忠、友人离别、孝敬父母都是诗文里的境界，能说哪个高，哪个低，哪个大，哪个小？难道说，为家为国就是至高无上的大胸怀，感恩父母就是只顾自我的小格局吗？"可莹理直气壮地说。

"小金城，你这话就不对了。"安乐公主眼刀阵阵，"为我大唐，就是大家境界，是大爱！感恩父母，就是小家子气，是小爱！"

众人纷纷附和:"安乐公主说得对,忠君爱国,永远是第一位的!"

"孝敬父母是人伦天理,但是怎么能跟忠君爱国比呢?"

"还是安乐公主大气啊……"

听着众人的言辞,李轻羽突然觉得十分可笑,开口问:"安乐皇姐,你说孝敬父母就是小格局,那么我们作为皇上的子女,对皇上孝顺,也是小家子气喽?"

安乐公主被反驳得哑口无言,半晌才说:"我……我不是让你不孝顺父皇……"她慌乱中去看皇帝的脸色,发现皇帝正在沉思,于是心更乱了。

真是言多必失……她不由得深深懊悔。

李轻羽没有放过她,继续问:"还有,安乐皇姐是柔弱公主,不会武功不能打仗,就是想报效国家也出不上什么力,难道说,安乐皇姐愿意上战场打仗?"

"你……"安乐公主语塞,怎么都说不下去。她总不能当众承认,自己的确一股小家子气吧?

可莹接过话茬,扬声问:"皇兄所言甚是,但金城还有一个疑问。若是生逢乱世,要我上战场杀敌,我金城当仁不让!但如今是太平盛世,要我如何去保家卫国?在座的诸位,不如现在就指点金城一二?"

说话时,她中气十足,目光坦然,周身清气万丈。席间的贵族子弟们面面相觑,都不知道该如何作答。

"鼠目"弱弱地说:"北方蛮夷蠢蠢欲动,万一哪天南下呢?我就喜欢打仗,有那份家国情怀……"

一句话没有说完,坐在他旁边的贵族子弟一拥而上,将他的嘴巴死死捂住。可莹似笑非笑地问:"你说,打仗的目的是什么?"

"鼠目"意识到自己失言,疯狂地摇头。

安乐公主急得头上冒汗,心里咬牙切齿,暗恨自己怎么有这么多愚蠢的追随者。他居然就这样上了可莹的钩!

蠢!

蠢到家!

和安稳的盛世相比,和百姓安居乐业相比,那点儿乱世里的情怀又算得了什么?所谓的大气情怀的背后,是白骨累累!是饿殍遍野!是生离死别!

就在安乐公主绞尽脑汁构思该如何应对的时候,皇帝突然朗声道:"八皇子和金城公主好见解!诗文意境没有高低之分,朕今日要是指定哪一种境界最高,那恐怕天下文章必然趋炎附势,只写那一类。这大唐诗文,以后还怎么百花齐放?"

淑妃也起身道:"皇帝所言甚是。这诗中情怀,的确不能为了凑个大格局就非要造一个乱世吧?那不乱套了?"

说完,她掩口而笑。

皇帝心领神会,感慨道:"以诗文意境来评定高低,确实不妥……那今日大赛,就取消状元、榜眼、探花这些等级了。你们两位诗评官挑些文采不错的诗,朕都赏!"

可莹恭恭敬敬地拜倒:"儿臣替天下文章谢过父皇,一谢父皇开明,二谢父皇明理。"

这下子,就算她说所有的诗都是上乘佳作,皇帝也不会怪罪了。自此,可莹才真的明白了淑妃所说——

全身而退。

此时,一直沉默的李轻羽却突然开口:"父皇,就算状元、榜眼、探花都取消了,但儿臣还是打算好好给一些诗评。"

皇帝点头道:"既然我儿想评,那就认真地评!遇到好诗,不要吝啬溢美之词。遇到差的,也不要藏着掖着。今日,不过是以诗会友。"

此言一出,可莹的心立即又揪了起来。

本来装装好人,把这些诗都夸上几句,让父皇给些赏赐,这个风波就算过去了。现在李轻羽这个态度,是真的打算认真评诗了?

可莹急了,向李轻羽挤眉弄眼。李轻羽却像看不见一样,笑着问她:"皇妹应该不会反对吧?"

说着,他也挤了挤眼睛,脸上透出志在必得的神色。可莹一怔,居然鬼使神差地回答:"没有异议。"

"那就先从第一首开始吧。"李轻羽拿起第一卷,看向"鼠目","这首是王公子的咏志诗,前面两句写的是北方胡地的悲凉感,后两句笔锋一转,'流星白羽灭胡虏,骁腾万里竖砥柱'表达了对战胜北方胡族的决心。可谓一片赤诚之心,全在字里行间。"

"鼠目"立即喜笑颜开:"八皇子谬赞了,这首诗表达的正是我对大唐的一片心意。"

"但是——"李轻羽突然话锋一转,"你真的去过北方?方才金城公主还说,'诗文从心而发,由感而生',所以所写诗文,必须要是你真正经历过的。"

"鼠目"一怔,笑容立即从脸上隐去:"这个……喀喀,我当然去过……"

话虽如此,但他腿肚子已经开始抖了。要说自己没去过北方胡地,那就代表这首诗是编造的。这欺君之罪,他可不敢当。

李轻羽一脸严肃:"好,王公子对大唐忠心耿耿,应该很愿意捐些银两,充实国库吧?不然,怎么对得起这昭昭赤血忠心!"

"我……我捐一万两!""鼠目"这才发现自己骑虎难下,索性梗着脖子说,"我爹的封地,辟出一块卖了,全部捐给国库!"

"好!"李轻羽转身对皇帝禀报,"父皇,王公子赤胆忠心,理应封赏!"

皇帝笑眯眯地道:"真是君臣和谐啊!赏王公子一对玉如意。"

"鼠目"撑着一张苦瓜脸,跪地谢恩。

直到这时,可莹才明白李轻羽打的是什么主意。她笑盈盈地递过第二首诗:"皇兄,第二首诗抑扬顿挫,文采朴实,是感慨民间疾苦的。"

"啊,是张公子的诗。"李轻羽瞄了一眼"獐头",将试卷展开,"这首诗前面描写灾民流离失所,后两句悲叹民间疾苦。这份心真是令人动容啊!"

张公子尴尬地站起身:"喀喀,八皇子,我这首诗是因为被皇上的诚心所感召,哀怜天下苍生而作。"

"我懂,我懂。"李轻羽一本正经地说,"不过,张公子你太悲观了一点儿。"

"啊?"

"听闻张公子受祖上荫庇,家有良田万顷,只要拿出一千亩给这些灾民免费耕种,待秋后收取少数分成,必定能像诗中所说,让这些灾民安稳度日。张公子,你要实现你的抱负,简单得很啊!"

"獐头"顿时火了:"白给?凭什么?"

话一出口,他立即感受到周围投来无数冷厉的眼神,每个眼神都像一把刀,想将他千刀万剐。

尤其是皇帝,立即脸色大变:"嗯?"

李轻羽呵呵冷笑,看着"獐头":"张公子,你在这诗里表达的心意,不就是期望黎民安稳富足吗?只在秋收后少收一点儿租金,就能让灾民有条活路,难道不是两全其美的事吗?"

"是!是!""獐头"硬着头皮说,"我刚才想说,凭什么!就凭皇上关爱黎民,我也得替我爹,把这一千亩地捐给灾民耕种!北方冻灾已经够严重了,如果开春不及时播种,这粮食从哪里来?"

"好!"皇帝哼笑,"张公子义薄云天,朕赏你一幅字画!"

"獐头"哭丧着脸谢恩,估计还在心疼那一千亩良田。

可莹在旁边看着,几乎忍不住要笑出来。她继续给李轻羽递送诗卷:"皇兄,这首是赞美运河,诗情畅快,用笔大胆。"

一位蓝衣公子站起身,不安地道:"是,我这首诗没有昂扬斗志,也没有忧国忧民,纯粹是赞誉运河。"

李轻羽长叹一声:"公子有所不知,这运河有几处淤塞,急需人力物力去疏通啊……"

蓝衣公子赶紧道:"我这首诗每一句都是真情所发,若是运河有不通畅的

地方，那我必须出力。我出……"他咬了咬牙，一狠心，"一千！"

可莹认出，这位蓝衣公子正是兵部尚书家的长子。她歪着头，装作懵懂的样子问："是一千家丁？"

蓝衣公子吓得一哆嗦，想要反驳，却看到皇帝正用不满的眼神看向他。他赶紧向可莹道："金城公主所言甚是，一千名身强力壮的家丁即刻出发，赶赴运河淤堵之处。"

坐回席上之后，蓝衣公子流下两行悔恨泪。早知道诗文大赛是这种情形，当初打死他也不来了！

李轻羽将这一幕全都看在眼里，目光渐露轻蔑。

这些贵族公子哥，平日里朱门酒肉，享尽荣华富贵，从来不关心民间疾苦。结果到了要表现才华的时候，一个个以万民疾苦、歌颂大唐为题材，诗文写得洋洋洒洒，实事却不肯做上一丁半点儿。

凭什么？

反正那些银子都是搜刮民膏得来的，取出一些帮皇帝赈灾救民，也没什么吧？

李轻羽这样想着，转身对皇帝说："父皇，尚书之子真是心意拳拳，父皇一定得重赏！"

皇帝冷冷地盯着蓝衣公子："自然要重赏！尚书府里能派出一千名家丁呢，就赏一匹江南进贡的锦缎吧。"

蓝衣公子差点儿昏厥。

这一千名家丁其实是他府上的工匠，平日里能够织出上百匹布，制作出上百件家什，挣下黄金百两！结果参加了一个诗文大赛，他莫名其妙地就把这些"摇钱树"派去修运河了！

就这样，一场诗文大赛下来，李轻羽为冻灾灾民、治理运河、长城修葺等募集了黄金、白银和人力。

贵族公子们抱着皇帝的赏赐，心情复杂地出了宫。这一次他们虽然在诗文大赛中获得了美名，实际上却吃了大亏。可是这个亏，他们万万不敢说出口，

也不能说出口。

因为李轻羽今天逼他们做的事情，都是他们在诗文里表达过的情怀。在皇帝面前，他们不能说一套，做一套。不然，那不成欺君了吗？

皇帝将这一切看在眼里，并不作声。等和李轻羽一行人出了园子，皇帝才温然笑了起来。

"皇儿，今日的事干得漂亮！朕没有白疼你！"皇帝和颜悦色地看着李轻羽，"诗骨何曾媚世人？这些人不配谈诗！你们做得好，就该让这群黑心的富家子吃吃教训！"

李轻羽拱手笑道："父皇是儿臣的主心骨，不然儿臣断不敢这样造次。"

"轻羽，你就别谦让了，今日靠诗文大赛为大唐解决了不少难题，你功不可没！"淑妃笑道。

"是你机灵，看出朕的心思，想了这么个好主意。"皇帝拍了拍李轻羽的肩膀，又看向可莹和安乐公主，"金城，安乐，你们今日的表现也出乎朕的意料。朕早就不想评选什么大赛的状元了，可是又不好改口。没想到你们一唱一和的，直接让朕有由头可以取消评选诗文的等级。"

安乐公主一脸尴尬："父皇言重了。"

她只想让可莹难堪，没想到皇帝还有这样一层心思。如今皇帝夸了她一句，她怎么都觉得心虚。

可莹笑着看了皇帝一眼，俏皮地问："那父皇，儿臣可以向你讨个赏吗？"

"你要什么赏赐？"皇帝恍然大悟，突然想起一事，"对了，你这次诗评不错，我的金城公主可谓是大唐第一才女。"

可莹故作为难："第一才女只是虚名，儿臣想要点儿实惠的。"

"你看这孩子，嘴真刁。"皇帝向淑妃说笑着，转而问，"那你就求个大点儿的赏赐，正好朕也不知道要赏轻羽什么，干脆一起赏了！"

可莹看了李轻羽一眼，他恰好也望过来，眸光清澈，透着某种坚定。稳了

稳心神后,她脱口而出:"父皇,儿臣想要香兰居。"

安乐公主立即倒吸一口冷气:"香兰居?那可是父皇……"

皇帝一摆手,制止她再说下去:"可莹,轻羽,你们都是朕的好孩子,这香兰居就赐给你了。"

然后,他意味深长地看了安乐公主一眼:"安乐,你今天得了大唐第一美人的名头,又出尽风头,就不另外赏赐了。"

安乐公主委屈地跺了跺脚,可是看到淑妃的脸色冷了下来,只得低头道:"是,父皇。"

耳边传来阵阵笑声,落在安乐公主的耳朵里,格外刺耳。

她抬了抬眸,目光冷锐。

三

春夜微凉。

门钥落下之后,宫道上乌漆墨黑,半个人影也没有。安乐公主穿着一件黑斗篷,提着灯笼来到冷宫,心里怦怦乱跳。

她定了定神,伸手去推面前的门板,然而刚推到一半,木门突然推不动了,像是门后有什么东西。

"啊!"安乐公主惊叫着后退。

门后却跳出一只黑猫,飞快地蹿到阴影里去,不见了。安乐公主惊魂未定,听到宫室里传来幽幽的一句:"不过是只猫,就把你吓成这样?"

"母后……"安乐公主泫然欲泣,扑到宫室里。果然,皇后端坐在床沿上,穿戴整齐,只是那宫服虽华丽,但明显陈旧许多。

"你还有脸来见我?"皇后就着灯笼的光看她,"诗文大赛的事我都听说了,可笑啊!不仅没能扳倒李可莹那个小贱人,居然还让她和李轻羽得了封赏。"

安乐公主低下头:"母后,儿臣无能,他们两个人确实机敏非凡。"

"我不许你这样说,我的安乐是大唐第一美人,将来也能君临天下!"皇后霍然起身,"眼下不过是输了一局,将来赢回来便是!"

"可是,该怎么赢呢?"

皇后微微眯眼:"我让你带的东西,你带来了吗?"

安乐这才想起一事,忙从袖中抽出一个卷轴,满含歉意地道:"原本,我是打算在诗文大赛上把这篇《明月何皎皎》呈现给父皇的。可是当时情势急转,我没找到合适的时机。"

皇后慢慢展开卷轴,娟秀的绣字便映入眼帘:明月何皎皎,照我罗床帏。忧愁不能寐,揽衣起徘徊。客行虽云乐,不如早旋归。出户独彷徨,愁思当告谁。引领还入房,泪下沾裳衣。

"绣得不错,手真巧。"皇后抚摸着绣布上凹凸不平的绣字,"谱的曲子也好,当真是当年名扬一时的乐府诗。"

"还有这把琵琶,也是儿臣找能工巧匠造的。"安乐公主从披风下伸出手来,举起手里的一只木盒。

皇后眉心跳了跳,接过木盒,抚摸着盒子上的桐油。

安乐公主忍不住问:"母后,你打算拿这首乐府诗做什么?"

"我自有办法,你先回去吧。"皇后眯了眯眼睛,"记住,暂时不要动李轻羽和李可莹。"

"啊?为什么?不整治他们一番,儿臣心里恨得慌!"安乐公主不乐意了。

皇后冷淡地扫过一眼:"你一直在针对他们,占到便宜了吗?没占到便宜,还不如不动手!"

她顿了顿:"其实李可莹比李轻羽还好对付一些,她从王府出来,心里有规矩、有分寸。那李轻羽是什么人?入宫前,他在镖局走江湖的,如果他要杀你,易如反掌。"

安乐公主顿时脸色煞白,身形晃了晃。

"回去吧,你以前做得很好,大家都以为你是一位温良贤德的公主,怎么现在反而藏不住了?"皇后软了语气,温柔地为安乐公主整了下披风。

安乐公主无奈,微微屈膝:"儿臣告退。"

四

乌云散开，月华如练。

夜色凉凉，半空中突然飘来一阵清亮凄哀的歌声。歌声绕梁不绝，婉转缠绵，划破了春夜的宁静。

可莹猛然从梦中惊醒，后背已是冷汗涔涔的。她往黑暗中轻喊一声："青儿，你醒了吗？"

青儿的声音立即传来："公主，我在。"

窸窸窣窣的声响过来，青儿手执一只青铜烛台走到床边，弯腰问可莹："公主是不舒服，还是口渴了？"

"你听，谁在唱歌？"可莹支起耳朵，仔细辨认一番，"明月何皎皎，照我罗床帏……好像唱的是汉代的一首乐府诗。"

青儿歪着头，皱起眉头："听声音，很像皇后。"说完，她脸色立即变了，"莫非，真的是她？听闻皇后擅歌舞，喜琵琶，只是入宫后从来没看到她弹琵琶，也没听过她唱歌。"

可莹心里有了底，叹了一口气道："不用猜了，这肯定是皇后无疑了。她往日不唱歌，也不弹琴，不过是因为时机不到。"

以皇后的地位，弹琴唱歌未免太过轻浮。若是有一天，皇后弹琴唱歌，那必定是有深层的目的。

思及此，可莹满怀忧虑地望了一眼烛台。烛火不安地跳跃着，似乎预示着一场风云又起。

五

翌日,可莹便驱车出宫,往香兰居驶去。

香兰居虽然很受皇帝重视,但地处偏僻,是宫外的一处贵邸。虽然那里冷冷清清,但正中李轻羽下怀。

他打算偷偷将吐蕃王子挪到香兰居休养,如果有太多人来拜访,他反而不知道该如何应对。

可莹对这样的安排也很满意。她向皇帝讨要香兰居还有另一层用意:那就是她可以借着去香兰居的借口出宫。

就比如现在,坐在马车里,轻轻掀开绣帘,看一眼外头繁华的闹市,也是令人心生喜悦的事。

可莹透过车帘一角,目光贪婪地掠过货品琳琅的摊位。青儿从旁边轻手轻脚地为她披上披风:"公主,你都看了一路了,有什么好看的?"

"当然好看。"可莹一指,"你看那个风车,转起来多美!还有那豆沙糕,老远嗅起来就香甜。"

青儿"扑哧"一声笑了出来:"公主,这些都是我小时候玩腻的玩具。"她歪着头,表情天真无邪,"我小时候住在贫民区,从玩泥巴到玩风车,还偷豆沙糕吃,整天被人追着打,没觉得多幸福啊!倒是觉得在王府里还更快活一点儿。"

"我依稀记得,你是家生子,被爹娘带进府里的?"可莹问。

青儿脆生生地应声:"是啊,我爹娘都在。"

再穷再苦,也有爹娘在身边。不像她,爹不疼,娘也不在,就算是王府千金,也没有什么值得一提的事。

可莹顿感失落,眉心微蹙,一双手缩回袖子里,车帘无力地垂下来。马车在紫陌上颠簸,车帘悠悠晃晃的,帘角的一朵梅花也跟着摇摆,几乎要落下来一般。

"公主,青儿多言了,惹公主伤心了。"青儿知道失言,忙内疚地请罪。

可莹抿唇摇头:"偶尔提一提罢了,伤心是难免的,再说也是我起的头儿，怨不得你。"

说着，她紧了紧身上的锦毛披风，霞红色的刺绣衣袖衬得那双手犹如柔荑，白净如玉。

到了香兰居，可莹命人关好大门，才稳步往里面走去。这处居所三步一景，十步一阁，当真是构造精奇。空气中弥漫着兰花香，直往人鼻子里钻，熏得人昏昏欲睡。

进了宫室，李轻羽迎上来："你来了。王子恢复得不错。"

吐蕃王子穿了一身月白长衫，站在窗前吹笛子。笛子发出低沉悦耳的声音。从门口望过去，他的身形成了一幅剪影，配着窗外竹林的沙沙声，此情此景让人有些伤感。

可莹不想上前打扰，低头看了看李轻羽手里的那只碗，里面还剩了些残渣。她抽了抽鼻子，恍然大悟："皇兄，这药居然是香的？"

原来香兰居里弥漫的那股奇香，就是药香。

"月尖奇香无比，只是没想到，这股香味居然把药的苦味都压制住了。"李轻羽说，"也多亏了一个小香奴，按照大夫的嘱咐，才把这一味药给调配好。"

"小香奴？"可莹好奇。

李轻羽指了指外面："看，她来了。"

可莹转身，正看到一个十二三岁的小姑娘往这边走过来。她面容灵秀，穿着干活的粗布衣服，右手将一只藤盘卡在腰间，盘里放置的都是一些干花香草。即便是手里有活计，她走起路来也是不疾不徐。

看到可莹正在看她，女孩子忙放下藤盘，向可莹施礼："奴婢见过金城公主，见过八皇子。"

"不用多礼，快起来。"李轻羽虚扶女孩子一把，然后转身对可莹说，"她叫玲珑，调得一手好香，可巧了。"

"是吗？"可莹指了指玲珑手里的藤盘，"这都晒的什么香料？"

"这是奴婢晒的香草,用来做香包的。研磨之后,可成一味'孤碧君子'的香料,香气淡雅清冽。"玲珑口齿伶俐地回答。

可莹心神一动,看了看玲珑,又看了看李轻羽,忽然掩口而笑:"你这个'孤碧君子'和我皇兄特别匹配,配的香包不会是送给他的吧?"

玲珑脸上一红,低头不再言语。李轻羽也是急赤白脸,支支吾吾地说:"可莹,你说什么呢?这香包肯定不是送给我的。"

在大唐,以香包赠人,可以说是非常暧昧的行为了。小小的一只香包,可以包裹着香料,也可以保存着思念。

可莹是看玲珑这个小丫头生得玉雪可爱,故意逗逗她。没想到,玲珑突然开了口:"八皇子,这香包就是送给你的!君子比德于兰,以八皇子的品德,堪比芝兰玉树,配得上用最好的香料!"

说着,她一屈膝,连告退都没说,就匆匆转身离去。瘦小的身影一晃,消失在浓密的绿柳春花之中。

可莹望着玲珑远去的方向,意有所指地说:"八皇兄,小香奴夸你之后,害羞了呢。"

李轻羽脸一红,并没有说话。可莹笑着说:"也多亏皇兄你慧眼独具,找到玲珑这样的小香奴。"

"不是我找她,而是碰巧……"李轻羽面上突然蒙上一层阴影,"你知道吗?玲珑的家人都失踪了。"

"啊?"可莹心头一凛,"怎么回事?"

"长安最近不太平,匪祸四起。玲珑本来是一家香坊里的小香奴,虽然地位低下,但是一家人都为主家调制香料,平日里很受重用,日子也算太平。可是几天前,香坊里遭劫,所有的香奴都被掳走!玲珑年纪小,脑子却灵光,她看势头不对,偷偷挣脱绳索从马车上跳下来,才逃过一劫。"

可莹急忙问:"那应该赶快报官啊!"

"报了,衙门的人只说尽快查明,就是没线索。当天,香坊无故燃起一场大火,烧得什么都不剩了。官府说查不到任何线索,这个案子就成了一个无头案。玲珑走投无路,又挂念父母的安危,在官府外徘徊喊冤,结果被毒打一顿。要不是我正好路过,她估计就要被打死了。"

可莹想到某种可怕的可能性,浑身颤抖起来:"怎么这么巧?偏偏报官之后就失火了!这必定不是普通的土匪!"

李轻羽摇头叹息:"我也没办法向官府问罪。因为失火,才导致没办法查案的。"

"不对,一定有蛛丝马迹留下的。"

正在这时,身后的笛声突然断了,吐蕃王子的声音幽幽传来:"可莹,火烧之后是不会留下任何线索的。"

可莹回头,看到吐蕃王子站在身后。他的眉宇间还是带着一丝不羁,但整个人感觉疲惫了许多。

"刚才看你在吹笛子,就没有过去打扰你。王子,你身体还好吗?"可莹看了看他苍白的脸色。

吐蕃王子嘿嘿地笑,扯了扯自己的脸皮:"比上次你见到我,胖了三斤了!你放心,羽毛兄伙食安排得不错!"

"羽毛兄?"可莹斜着眼看李轻羽。

李轻羽瞪了吐蕃王子一眼:"叫我八皇子。别乱起绰号!"

"那不是跟你熟吗?要是别人,我都懒得起绰号呢。"吐蕃王子似乎又恢复了活力,一只胳膊搭在李轻羽肩膀上,然后对可莹说,"你们刚才说的话,我都听到了!以我的经验,这事背后肯定有尊大神,你们呀,动不得!"

可莹皱眉:"何以见得?"

吐蕃王子侃侃而谈:"长安的防守可谓是固若金汤,一只苍蝇能混进来就不错了,可是在这个抢劫案里,居然混进来几十个土匪!土匪洗劫完香坊,悄无声息地出了城,这是全身而退!试问,天底下有几个土匪能做到这一点?要是没有城卫做内应,我愿意输掉一百头骆驼!"

可莹觉得很有道理,忙问:"还有呢?"

"还有,那边玲珑一报官,这边香坊立即起火。这说明官府里有内奸,内奸要毁灭证据。"吐蕃王子打了个响指，"你想想看，什么样的人能撬得动官府？那必须得是大神！"

李轻羽听完他的分析，立即意识到事态的严重性。他心情沉重："你们知道吗？这样的抢劫案最近半年有好几起，都是将钱财席卷一空，然后将匠人全部抓走，最后官府查不到任何踪迹。"

"这就确定了，那个幕后指使者手眼通天，绝非等闲之辈。"吐蕃王子慢悠悠地说，"也是，普通的土匪抢了钱就走，谁还要把人也绑走呢？"

可莹心里堵得慌，想说什么，却什么也说不出来。李轻羽看她面色不好，温声说："你先回宫吧，有什么事回头再说。"

"可是……"

"玲珑的事我会查个水落石出，你毕竟贵为公主，不方便插手。"李轻羽知道她在想什么。

吐蕃王子也附和着说："是啊，我也会帮着查的。"他伸出两根指头，吹了个响哨，屋外立即飞进一只黑鹰，扑棱棱地落在他的肩膀上。

"你看，我的黑鹰也会帮忙巡逻的。"

可莹看着那黑鹰，鹰嘴如钩，鹰眼锐利，便笑了笑说："如此，那我就放心了。"

六

从香兰居离开的时候,已经是日上中天。

可莹经过一处院子的时候,忽然听到一阵哭泣声。她回头看了青儿一眼,用手指在嘴唇上做了一个嘘声的动作,然后蹑手蹑脚地循着哭声走过去。

玲珑蹲在池塘边,眼泪一滴滴地落在水面上,就连裙角浸到水里也没有发觉。她很瘦,蹲下的时候,背后的蝴蝶骨凸起,颇有几分伶仃的意味。

她没发觉可莹在身后,一边用手抹着眼泪,一边往池塘里放一只叠好的纸鹤。可莹轻声喊了一声:"玲珑……"

玲珑惊得一跃而起,看到可莹之后忙慌乱地跪在地上:"公主恕罪!奴婢再也不敢了!"

"你做了什么,要这样赔礼?"可莹赶紧去扶玲珑。

玲珑面露羞愧:"这是公主的香兰居,我却为了祭奠亲人,在池塘里放纸鹤,行不吉之事。请公主责罚!"

可莹望了一眼水面,那只小小的纸鹤晃悠悠地漂在水面上。她掩口一笑:"我当是什么事呢,原来就是这个。你要放就放吧,只要你心里好受些,愿意放多少就放多少!"

"公主……"玲珑感动。

可莹继续打趣:"再说了,这香兰居已不是我一个人的,是皇上赏给我和八皇兄的。你以后有事就求我皇兄,他肯定会答应你。我看他呀,是挺喜欢你的!"

"公主,你又拿我开玩笑。"玲珑的脸微微一红,嘴角却忍不住上扬。

可莹微微一笑,将她的身子扳过来:"玲珑,你要记住,你爹娘没有死。他们一定不希望看到你这样伤心绝望。相信我,总有一天,我会让你们一家人团圆的!"

玲珑惊讶地看着可莹,两滴眼泪晃悠悠地差点儿落下。半晌,她才重重地点了点头。

离开香兰居，可莹立即敛起笑容。走到马车前，她吩咐车夫："不要回宫，先去趟城东那家香坊。"

车夫答应。

上了车，青儿满腹心事地问："公主，你这是要帮玲珑查案吗？"

"眼见为实，就算是烧光了，那也要去看看。"可莹靠在锦垫上闭目休息，懒懒地回答。

青儿左右为难，斟酌了一下才继续道："青儿斗胆，还请公主恕罪。青儿觉得，你不应该去那个烧毁的香坊。案子的事情，你可以交给八皇子和王子去做……"

"青儿，如果是以前的我，肯定会对这样的事退避三舍。可是现在不一样了。"可莹睁开眼睛，眉眼间坦荡自在，"诗文大赛之后，我突然想通了一个道理，那就是——韬光养晦的做法的确能保全自己，却不免失了风骨。"

"公主……"

"如果我不为玲珑出头，那么我自然不会惹上麻烦。可是……"可莹面上笑容凄凄，"那样的话，玲珑就和我一样，是个可怜人。她从此没爹没娘，没人疼爱，小小年纪便在这凉薄的人世间独自挣扎。青儿，如果没有亲朋好友的关怀，纵然有泼天富贵，又能怎样？"

青儿低下头，惭愧地说："公主说得是。"

车厢里一时陷入了沉默。

可莹揉着眉心，强迫眼泪不要掉落出来。她回想起这十几年的凄凉处境，只觉得心酸。

如今，她从玲珑身上看到了另一个自己。

虽然际遇不同，但玲珑和她一样，在这个世界上无依无靠。她不能再眼睁睁地看着另一个悲剧发生。

绝不！

七

到了香坊，可莹在青儿的搀扶下走下马车。双脚刚落地，她便被眼前的景象吓了一跳。

原本威武的门头，已经被烟熏火燎成了一块黑炭。破败的大门洞开，里面自然不必说，到处是黑漆漆的，透着一股死气。

可莹正要往里进，车夫已经拦住了她："公主，里面房屋被火烧过，都不太牢固，恐怕有危险啊。"

"我要是遇到危险，你来相救就是了。"可莹不慌不忙地应答，然后信步走进了香坊。

她出宫，随行的车夫是从御林军里挑出来的，武功高强，能以一当十。房屋倒塌，在他面前算什么危险？

车夫无奈，只得眼睁睁地看着可莹走进香坊。

香坊里屋舍齐整，最大的库房已经被烧毁，然后便是供给香奴们居住的舍屋。可莹推开居舍的门走进去，四处张望。

居舍里的什物被烧得七零八落，地面黑黢黢的，到处都是焦炭味。靠墙的一张桌子上，还剩了干结的蜡油。

不过，也亏得香坊主人建屋的时候没有偷工减料，舍屋的房梁和四根柱子也刷了防火的桐水，所以才没有烧到倒塌。

可莹上前，认真看了一下柱子，并厌手摸了摸。黑灰簌簌而下，露出柱子原本的内里。

青儿害怕地劝说道："公主，这……这里好瘆人啊！您是千金贵体，还是别摸……"

"不摸摸看，怎么查？"可莹一边回答，一边拂去柱子上的黑灰。之后，她的目光在地上逡巡。蓦然，她发现了什么，忙蹲下身来。

"公主，你发现什么啦？"

可莹叹气："果然是有人蓄意纵火。"她指着已经烧毁的大通铺，"柱子上有深浅不一的砍痕，土匪用的多半是大龙刀，还有一些是精铁剑。到时候查

查哪些兵器坊售出过这两种兵器,就知道土匪的真正身份了。"

然后,她再指着地面:"再看这里,明显烧毁程度要高很多,说明这是起火点。起火点呈线状分布,说明有人事先在屋内倒了油。"

青儿吓得瑟瑟发抖:"那真的是阴谋了!"

"他们心虚,所以要烧了香坊,抹掉香奴们生活过的痕迹。香奴们地位微末,本就像蝼蚁一般,现在连证明身份的线索都没有,人们更不可能查下去了。"可莹站在舍屋中央,目光锐利如电。

她想起吐蕃王子说过的话,心头一寸一寸地凉了下去。

天光如水,从屋顶缝隙处倾泻而入,一线一线的阳光,照亮了屋内的一切。然而,可莹却觉得浑身发冷。

种种迹象表明,那些土匪可能并不住在山上的寨子里。

他们可能就住在这无比繁华的长安城,就住在朱门高楼的府邸里,就住在巍峨宏伟的皇宫里!

一

徐徐春风扬起，吹皱一池碧水，扑在面上，显得格外温暖和煦。

安乐公主躺在一张卧榻上，正在闭目养神，慵懒得像一只猫。微风袭来，吹动了她的纱衣。

忽然，有一名长脸宫女匆匆进来，跪地道："公主，大事不好了！"

"悠着点儿说，天又没塌。"安乐公主挥了挥手，让左右侍奉的宫女先退下。长脸宫女这才禀道："方才有探子来报，说金城公主去了城东那家香坊。"

安乐公主霍然起身，厉声问："她去那里做什么？"

"不知道，就怕金城公主看出什么来……"长脸宫女心事重重。

安乐公主冷笑道："看出来又能怎样？到时候本官就说，是府邸里的奴才们不守规矩贪了那座香坊。再说了，那不过是几十个香奴罢了，这天下都是我父皇的，我掳走几十个香奴又怎样？"

长脸宫女欲言又止。

"说！"安乐公主一瞥。

长脸宫女只得道："几十个香奴不算什么，但是如果金城公主顺藤摸瓜，找到公主掳夺的其他匠人，那恐怕就……"

安乐公主闻言，立即面色肃冷。

她过惯了奢华靡烂的生活，总觉得这皇宫里处处节俭，让她不自在，于是便缠着皇帝在宫外给她设了府邸。那座府邸中有一处仿照华山的石景，石山上的石级和石桥纵横交替，石洞里流出的溪水千回百转。山上，还有鸟兽出没，当真是一处绝佳的设计。

除此以外，府邸里还有精美舍屋无数。屋内，最上等的工匠在为她织造百鸟衣，技艺最精湛的调香奴为她调制美妙的香粉，手艺最好的木匠在为她打造各种精美的家具，还有封地的农庄里，上百名身强力壮的农民正在为她耕种粮食。

这些人，全部都是她命令手下从长安城以及附近村庄里掳来的。如果因为

一座香坊，这些秘密都暴露的话……

"李可莹，为什么你总是跟我过不去？"安乐公主一阵恶寒，恼怒地一拍榻背。

长脸宫女小心翼翼地道："公主莫急，最当紧的是要想个法子才是，不能让金城公主为所欲为。"

"也是，要想个法子……"安乐公主眯了眯眼睛，绝美的脸上浮现出狠辣的神色，"那就传燕安县主来吧！"

长脸宫女眼珠子骨碌一转："燕安县主，李媛媛？公主好算计，她是金城公主的胞妹，肯定有法子。"

"她呀，一股小家子气！本宫向来瞧不上她，但眼下，她算是一条最贴心的狗了。"安乐公主说着。

长脸宫女答应一声，匆匆离去。

用过午膳，安乐公主又在宫室里歇息了一阵，长脸宫女才匆匆归来："公主，燕安县主到了。"

安乐公主忙从榻上起身，往门口迎去。李媛媛踩着小碎步进来，拜倒："燕安县主见过安乐公主。"

"都是姐妹，别这样生分，快起来。"安乐公主满脸笑意，"我正担心着呢，你别是上次生我的气，不肯来我这里了。你也知道，我因为母后的事，心里正闹不痛快，就没有和你多走动。"

"妹妹不敢。"李媛媛眼睫毛扑闪了两下，忽然眼眶红了。

安乐公主忙把她扶到一旁坐下："妹妹，你这是怎么了？有什么不开心的，尽管和我说说。"

"安乐姐姐，我恨自己没用，争不过可莹姐姐。你知道吗？上次诗文大赛，我写了很多诗，但是可莹姐姐从中作梗，让我没能进入决赛。"李媛媛期期艾艾地说着。

安乐公主露出无奈的一笑："进入决赛也没什么，可莹那个刁钻性子，根本不给人喘息的机会。要不是父皇宠我，估计大唐第一美人的名头，也都一并给了金城公主，根本没我什么事。"

"有这事？"李媛媛一脸气愤，"她虽是我姐姐，可我还是看不惯她，没想到她的性子居然这样卑劣！"

安乐公主将一杯茶端给李媛媛，放软声音说："有金城公主在，咱们都没有好果子吃。你瞧，我虽然在宫外有不少府邸，但父皇把心尖上的香兰居给了她，那可是无上的荣耀！"

李媛媛紧紧握住茶杯，指骨泛白。她恨声问："那该怎么办？安乐姐姐，我就不信可莹就没有一丝错处。"

"我看呀，可莹三番五次往宫外跑，那香兰居里必定藏了什么见不得人的东西。要不然，这皇宫里要什么有什么，她犯得着整日出去吗？"安乐公主眼中闪过一丝狡诈，"我不常去宫外，平日里也见不着她，否则的话我可得好好劝劝金城。可是媛媛你就不一样了，你出入都方便呀……"

"姐姐不用多说，媛媛明白了。"

"别急，我只是和你聊聊家常，不是给你出主意。"安乐公主掀起茶碗碗盖，拂了拂茶末，慢悠悠地说。她表面上在悠闲地喝茶，眼睛却盯着李媛媛，观察着李媛媛的一举一动。

李媛媛心领神会："姐姐不用怕，你我关系最是亲厚，什么都明白的。今日说的话，全是我一个人的主意，和姐姐无关。"

"如此甚好，你这样懂事，真是让人疼。"安乐公主笑着，将一根金簪插在李媛媛的头上，"送你了。"

李媛媛抬手摸了摸金簪，羞涩地说："安乐姐姐待媛媛这样好，媛媛以后都听姐姐的。"

角落里的一只妆奁上，一面黄铜镜映出李媛媛的身影。她扭头轻笑，打量着头上的金簪。那是一支雕工极好的金簪，簪头是一只喜鹊，嘴里衔着一颗明珠，灼灼耀眼。

她微微笑着："安乐姐姐，放心吧，很快就有喜报的。"

二

春入三月，却落了一场桃花雪。

雪不大，只是在琉璃瓦上覆了薄薄的一层，可是比先前冷了许多，各宫又烧起了炭火，用上了护手套和汤婆子。

天冷难忍，除了晨昏定省，可莹并不想在宫里多走动。只是这一日，淑妃竟然遣人来，要她一同去暖书阁。

"金城公主，淑妃特意嘱咐，要你换上这件衣服去暖书阁。"来报的宫女将手中的托盘抬高，示意可莹查看。

托盘里铺着红丝绸，上面是一件华丽缤纷的百鸟衣。那是用一百种鸟雀身上最华丽的羽毛织就的，安乐公主喜欢，就让工匠织了十几件。没想到，淑妃也有一件。

可莹将百鸟衣拿起看了看，为难地道："这也太华丽了……淑母妃真的让我穿上去见父皇？"

那是皇帝批阅奏章的地方，向来不许旁人打扰。只是因为淑妃才学甚高，皇帝特许她出入暖书阁。可是现在，淑妃却让她穿着百鸟衣去暖书阁……

这要是被别人看见，传出去风言风语，恐怕她要担上扰乱朝政的罪名。

宫女立即紧张起来："金城公主，这是淑妃娘娘亲口嘱咐，我等万不敢编造啊！"

可莹仔细打量捧着托盘的宫女。她认得对方，那是淑妃身边的掌事宫女铜铃，行事稳妥，淑妃很信任她。

"百鸟衣是一种舞衣，穿着去暖书阁不合适。"可莹望了望月洞窗外的天色，吩咐青儿，"这样吧，青儿，你去把我最近做的一套霓裳裙拿出来。"

霓裳裙也是舞衣，但不像百鸟衣这样浮夸华丽，除了款式拘谨一些，布料上用荧光粉滚过，只有在明亮的灯光下，才能看清楚上面一层一层的光影波纹。眼下正是日暮，穿着霓裳去暖书阁，不至于沦为话柄。

只是淑妃一向谨慎，为什么却让自己如此高调行事？

满怀心事的可莹坐上步辇，来到了暖书阁。还没进门，她就听到一阵悦耳

的琴声从里面传出，音调绮丽。

可莹忙快步走进去，正看到淑妃坐在一旁，十根葱白手指正在琴弦上来回跳跃，乐曲从指间汩汩流淌而出。皇帝坐在书桌前，正含笑望着淑妃，目光里都是宠溺。

"儿臣见过父皇，见过淑母妃。"可莹忙敛衽行礼。

皇帝扭转笑眸，对可莹说："不用多礼。可莹，你淑母妃说要你伴舞，她的琴声才会更美妙呢！"

"是啊，可莹，最近学了什么舞，跳给你父皇看看吧？"淑妃停了琴，也笑吟吟地望着她。

可莹俏皮一笑，问："今儿是什么好日子，怎么又是弹琴又是跳舞的？父皇，是不是有什么好事？"

皇帝笑道："不过是平常玩乐罢了，哪里有什么好事。"

"既然是平常玩乐，那可莹就陪父皇下棋，好吗？淑母妃，可莹棋艺不精，您可要指点下。"可莹半是撒娇地看向淑妃。

淑妃面色一僵，讪笑着说："可莹，你不跳，我这琴弹得好没趣儿。"她顿了顿，面上现出慈爱的光芒，"说起来，可莹当时跳的流萤舞真是让我记忆深刻。可是你入宫也快一年了，总觉得你还拘谨着。"

"是啊，朕记得那时候安乐毁容，整日足不出户，皇后每日担心安乐……"皇帝突然停住，不说话了。

也就是在这一刻，淑妃的神色变得非常古怪。

气氛莫名其妙地沉默下来，而拐点似乎就是从皇帝提到"皇后"两个字开始。可莹猜到了什么，应承道："既然父皇想听琴观舞，那可莹就和淑母妃配合一段吧。"

淑妃这才回神，笑着点头。不等皇帝应声，她双手轻挑慢捻，在琴弦上奏出了轻灵动听的乐声。

这琴乐，竟然是《凤求凰》。

可莹只怔了短短一瞬，便配合着琴乐的节奏开始翩翩起舞。她一边跳，

一边在心里敬佩,淑妃不愧是则天皇帝宠爱过的女官,才华横溢,这曲《凤求凰》被她弹得扣人心扉,引人遐想。

只是,可莹总觉得皇帝似乎有些心不在焉。他的目光没有落在任何一个人身上,而是虚虚地落在窗棂上。

轩窗没有关严,窗棂上落了一层白雪。对于暖饱的人来说,赏雪是一桩雅事,可是对于饥寒交迫的人来说,落雪便是灾难。

皇帝好像关心着谁在这场雪中受难。他眼眶微红,终于落下一滴泪来。

淑妃一抬眼看到,忙停琴罢音,一张脸煞白如纸。可莹也惊呆了,停了舞姿,喃喃地问:"父皇,你怎么了?"

皇帝眼神茫然,似乎还沉浸在遐思中:"你们知道吗?每天这个时候,歌声都会响起。可是今日,没有歌声了。"

淑妃哀声说:"歌声?臣妾也听到了,是那首《明月何皎皎》吧……那是皇后唱的。"

皇帝脸色顿变,瞪着淑妃。

淑妃继续说:"皇后歌声曼妙动听,果然勾起了皇上对旧事的回忆……可是皇上别忘了,皇后当初是因为什么进的冷宫。"

"你!"皇帝微怒,一拍桌案,"她毕竟是皇后!"

"就因为是皇后,因为废后是大事,所以皇后犯了惊天的错也不会被惩罚,况且皇帝心里根本念着旧情,不会真的舍弃皇后。"淑妃双目如刀,一字一句地说,"臣妾想问一句,如果有一天臣妾犯了弥天大错,皇帝会不会也像对待皇后一样留有余情呢?"

皇帝嘴唇发白,气得半晌才说:"朕已经惩罚皇后了,只是今日下雪,皇后的居所不一定有炭,朕才挂心!你和她没有可比性,你是聪慧明理的婉儿,向来进退有度,不会做出没有道理的错事。"

淑妃凄然而笑,眼泪渐渐盈出:"皇上向来都夸臣妾聪慧明理,现在看来,不过是当臣妾无欲无求。"

说着,她屈膝行礼:"皇上累了,臣妾告退。"然后,淑妃看了一眼可

莹,"金城公主,你也告退吧。"

可莹被这一系列的遽变惊呆了,听到淑妃提醒自己,忙屈膝告退。

两个人出了暖书阁,淑妃才冷笑出声:"我弹了《凤求凰》,也没能挽留住皇上的心……可见,在皇上心里,我不配弹这首曲子。这皇宫里的凤,只有皇后!"

可莹不安:"淑母妃……"

淑妃冷若冰霜:"今日让你来,就是不想让皇上再想起皇后。可是你也看到了,皇上……恐怕不日就会恢复皇后往日的尊位。"

可莹怔住了。回想起去年的种种,她还心有余悸。眼下皇后很快就要从冷宫里出来,重新掌管后宫了!

那将是噩梦一般的现实!

"淑母妃,皇上未必是这个意思。再说,他不是最挂念柔妃吗?皇后可是害了柔妃的人……"可莹急了。

淑妃望着乌云压阵的天空,淡淡地说:"可莹,入宫这么久,你居然还是这样单纯。皇上是最挂念柔妃,可是皇后为他诞下一子四女。尤其是安乐公主,最是美艳玲珑,在皇上面前时不时地为皇后控诉一番,只说当年柔妃中毒事件,是因为皇后手下人教唆导致,时间久了,皇上对皇后的印象自然就会改观。"

可莹急了:"皇上会信吗?"

她曾经亲眼看到过安乐公主为皇后求情,父皇根本就没有加以理睬。这样的父皇,有一天也会倾向于皇后吗?

"一天不信,那就求上一个月。一个月不信,那就求上一年。"淑妃凝视着可莹,"人心不是固若金汤的壁垒,总能被温情和回忆所攻破。"

可莹还想争辩,眼角却瞥见身后人影一晃,忙将到嘴的话咽了回去。来人是个小黄门,见了她们恭敬地问安行礼。

淑妃看那小黄门,闲问一句:"你这是上哪儿去?"

"回淑妃娘娘的话,皇上担心皇后娘娘天冷不能御寒,让我去看看缺什

么。"小黄门回答。

淑妃语气嘲讽:"那就快去吧,皇后毕竟是这斤宫的主子,其他人都算不得什么。"

小黄门不敢多答,猫着腰走远了。

可莹心里拔凉拔凉的,一句话也说不出来。她不懂,安乐公主的伎俩那样拙劣,怎么也能蒙蔽住父皇?皇后每日清歌一曲,目的这样明显,父皇居然也会被她打动?

也许,正因为她是外人,所以才将所有的局看得透彻。而父皇不是,他和皇后是结发夫妻,和安乐公主是真正的父女。

"可莹,我对你有些失望。"淑妃清丽的脸上满是失落,"如果你今日穿的是百鸟衣,那样亮眼绚丽的一支舞蹈,绝对不至于让皇上还想起皇后的歌声。可是你没有。"

"淑母妃,我……"

淑妃摇了摇头,让宫女打伞,渐渐远去。

可莹呆立在雪地里,五感似乎被寒冷封住了,直到青儿连声唤她,她才恍然回神:"怎么了?"

"公主,八皇子来了。"青儿补充一句,"来了都好一阵子了。"

可莹抬头,看到头上有一柄青绸伞,愕然回头,才看到李轻羽正站在她的身后。他的脚下有些积雪,看来已经站了有一会儿了。

"皇兄,你怎么不喊我?"可莹有些歉意,"我在这里想事情,有些出神,没注意到你。"

"无妨。"李轻羽看了看宫道,"到了暮时,小黄门都偷懒,没几个人出来扫雪,所以得赶紧回去,不然路上要打滑的。走,我送你。"

可莹低声应了一声,裹紧了绒织披风,一步一紧地往前走。她脑海里还回旋着刚才淑妃说的话,心里一阵阵地难过。

"你今日穿的这件霓裳,很漂亮。"李轻羽冷不丁地说。

可莹抬起头,哽咽着说:"原来你都知道了。"

"我在暖书阁外面站了很久,听到了三四分,然后小黄门去冷宫看望皇后,我又明白了三四分。"李轻羽脸上无悲无喜。

可莹强忍着让自己不要落泪:"皇兄,我太没用了吧?当初之所以被选为公主,我想有一个原因是淑母妃膝下无子无女,她实在是想要一个帮手。可是我没能让她满意。"

她说着,紧紧攥住披风下的霓裳:"我不敢穿百鸟衣那样花哨的舞衣,只敢穿霓裳……我想着,在暖书阁那样的地方,不该有靡靡之音和花艳舞蹈。结果……皇兄,果然是我太天真了吗?"

没有人在意她这份心思,结果她辜负了淑妃,辜负了柔妃,还辜负了李轻羽。

可莹满心委屈,眼泪大滴大滴地往下掉:"皇兄,你骂我吧!今日要不是我,可能……"

"不要这样说,可莹。你没有辜负我母妃。"李轻羽打断了她的话,目光温柔如水。他抬起一只手,为她擦去眼泪,"就算你今日穿了百鸟衣,让父皇没能记起皇后,那明日呢?明日的明日呢?难道你要穿一辈子的百鸟衣,和淑妃一同去引开父皇的视线?不可能的!"

可莹呆呆地看着李轻羽。

他是那样清贵无双的少年,不笑的时候,优雅清俊;笑起来的时候,光风霁月。

此刻,他微微含笑看着她,一字一句地说:"你要记住,你不是谁的工具,就算在这皇宫里,你不过是一枚棋子,那至少我,不会是下棋的人。"

就算所有人都利用你,我也不会。

就算你甘愿被人利用,我也不会。

我会的,只是默默地看着你,赏遍春花秋月,享尽静好年岁。如此这般,仅此而已。

你不需要长袖善舞才华横溢,不需要八面玲珑虚与委蛇,不需要时刻准备着牺牲自己成就别人。在我这里,你永远只是李可莹。

眼前渐渐模糊,可莹的泪水模糊了视线。

她心里又温暖又感动,毕竟这是第一次有人明确地表示,我对你没有任何期望,你想成为怎样的人,就是怎样。

雪渐渐大了,来时的脚印已经全部被覆盖。然而可莹明白,有一些说不清道不明的东西,已经铭刻在心。

回到宫苑,可莹让青儿备茶,李轻羽却婉言拒绝:"不用了,本来只是送你,既然送到了,我也该回去了。"

"皇兄,天冷雪大,喝杯姜茶暖和。"可莹有些不舍。

李轻羽却摇了摇头:"有些事情还需要我回去处理。"他顿了顿,眼中渐现担忧,"来时的路就这样难走,接下来会更难。可是不管有多难,我们都要努力走下去,一直走到圆满。"

可莹心念一动,直觉李轻羽话中有话。她想问,可是李轻羽已经执着那柄青绸伞,反身走进茫茫大雪中。

直至此时,她才看到,李轻羽的右肩上白花花的,全是落雪。原来,他给她打伞的时候,不自觉地将伞倾向自己这边,结果雪落了一肩。

一股温暖流进可莹心中。

"公主,进去吧。"青儿在旁边低声道。

可莹摇头微笑:"你先进去吧,我……我想看着他走。"

青儿一怔,默默地走进宫苑。周遭静谧至极,可莹这才感受到,此时此刻,这茫茫雪天里,只有他和她。

"这一生,到底拥有什么才算是圆满?"可莹望着李轻羽的背影,唇边噙笑,"以前是名满天下,现在是你。"

有你,便是圆满。

三

过了几日，皇宫里发生了两件大事，可莹才明白李轻羽说过的话，什么叫"将来的路更难走"。

第一件事，皇后被皇帝从冷宫里接了出来。原本为了顾全颜面，皇帝只说皇后是闭关养病。现在顺理成章的，皇后大病初愈，又成了往日那个高高在上的皇后。

第二件事发生得比较突然，是在午膳过后传来的。当时，可莹正和淑妃试新妆，青儿匆匆走进来，看到淑妃，忙低下头。然而，可莹还是看到了青儿满脸惊慌的样子。

她不动声色地找了借口，走到宫室外才问："青儿，发生了什么事？你怎么如此慌张？"

"宫里接到消息，说吐蕃王子在回吐蕃的路上被人袭击，已经死了！"青儿一脸慌张，"公主，这是怎么回事？"

可莹的心顿时怦怦直跳，她心里很清楚，吐蕃王子没有死，而是在香兰居养病。那他的死讯从何而来？

最关键的是，吐蕃王子遇袭的时候，队伍并没有走出大唐国境。如果被有心人挑拨离间，说吐蕃王子之死是大唐一手造成的，那这天下，就不可能太平了！

"我皇兄呢？"可莹问。

青儿摇头："八皇子要去军营巡视，得过几天回来。公主，这怎么办？会不会出什么事啊？"

"别急，事情会有转机的。"可莹不知道这是安慰她，还是安慰自己。她心痛如绞，一想到吐蕃王子可能面临的处境，就一阵难过。

他明明还活着，可是他的亲人已经向天下宣布——他已经死了，没有名分和地位。

面对这样的困局，吐蕃王子会奋手一搏吗？

可莹脑子里乱糟糟的，回了宫室，看到淑妃已经在额心上贴了一朵桃花。

镜中，映出她清丽无双的面容。

"淑母妃，这桃花妆可真漂亮，当年风靡一时呢。"可莹勉强笑着坐在她身边，"父皇见了，一定欢喜。"

淑妃瞄她一眼，轻笑："是真漂亮，还是假漂亮？"

可莹心里打起鼓来，不知道淑妃看出了什么，还仅仅是试探自己。这桃花妆有一番渊源，和淑妃有莫大的关系。

相传，淑妃当年在则天皇帝身边做女官的时候，曾经遭到处罚，眉心被刻上刺青。淑妃为了掩饰，便在眉心贴上一朵桃花。结果满宫惊艳，后妃和宫女纷纷效仿，在眉心贴上一朵桃花，是为桃花妆。

可莹在幼年时便听到这段传闻，当年对淑妃的风华充满了向往。可真的见到了淑妃，她却觉得，这桃花妆的来源其实非常心酸。

"自然是真漂亮，淑母妃有过假漂亮的时候吗？可莹怎么不知道？"可莹歪着头，装作懵懂的样子问。

淑妃握住她的手，认真地看她："可莹，你是个不会撒谎的人，到底发生什么事了？"

可莹讶然，不知道该不该向淑妃和盘托出吐蕃王子的事。她思前想后，讷讷地说："淑母妃，听说吐蕃王子被刺杀，可莹有些难过……"

"我知道你们以前很要好，但是福寿是上天注定的，人各有命数，这就是他的命。"淑妃叹气，"可惜了，吐蕃王子以后会即位成为赞普。可能也是这样，才让他遇刺的吧……"

赞普，就是王，统领整个吐蕃。其中阴谋争斗的残酷程度，并不比这唐宫少上一星半点儿。

可莹将淑妃面上的同情看在眼中，定了定神才说："淑母妃，我想去见父皇，求他查明这件事。就算父皇责怪我干涉朝政，我也要说。"

淑妃挑了挑眉毛，意外地问："查？查什么？"

可莹支支吾吾地说："查他的死因。还有，可能也没死……"

"不用查，王子已经死了，就算你把真相查个水落石出，又能怎样呢？"

淑妃逼视着可莹,"可莹,你要记住,永远要为活人筹谋。"

可莹震惊地看着淑妃,第一次觉得她很陌生。

在自己心目中,淑妃一直慈爱如同母后。可是可莹到现在才发现,淑妃也是绝顶聪明的。她能算计出人心,能把握住软肋,能做出最有利的选择,不愧是在则天皇帝身边侍奉过的女官。

思及此,可莹垂下眼睫,将满眼的失落尽数遮盖。她已经不打算将吐蕃王子还活着这件事告诉淑妃了。

"淑母妃,父皇和你一样,都会为活人而活,所以父皇淡忘了柔母妃,选择了皇后。"可莹苦笑,"这是一种辜负,我可能永远都做不出来。"

淑妃顿时面白如纸:"可莹,你要背弃本宫吗?难道你忘记了,进宫后本宫是如何对你的?"

可莹悲哀地望着淑妃:"永生难忘。"

"那你还莽撞行事?万一被皇后捉住把柄,你要如何应对?为了一个吐蕃王子,不值得!"淑妃恨铁不成钢地一甩袖子。

可莹不想多说,匆匆屈膝行礼,便往外走去。她听到淑妃在身后喊了自己一声,可她并没有回头。

最后,隐隐传来的是一声夹杂着愤怒、失落的叹气。

四

可莹匆匆忙忙来到暖书阁，求见皇帝，可是小黄门将她挡在门外："金城公主，皇上说了，求见可以，但不能提吐蕃的事。"

"为什么？"可莹故意扬声问，"吐蕃王子死得不明不白，查清楚刺客的来头也是为了大唐！万一吐蕃怀疑我大唐，引起干戈，该如何是好？"

小黄门吓得立即劝道："金城公主，快别说了……"

"一是一，二是二，为什么不能说？"可莹故意抬高声音，好让内里的人都听到自己在说什么。

小黄门还想劝说，宫室里却传来皇帝的声音："让她进来。"

可莹扫了小黄门一眼，整理了下仪容，便稳步迈进去。皇帝正在弯腰写字，头也未抬，便问："看来你也得知消息了，吐蕃王子未出我大唐国境，就遇刺身亡。"

"是。"可莹跪在地上，认真地说，"求父皇派兵，查清楚刺客的身份，以正人心！"

皇帝这才抬头，睨她一眼："在朕回答你之前，你先回答朕一个问题。"

"父皇请说。"

"王子死了，你的脸上为什么没有悲伤？"皇帝问，"还是说，你知道些什么？"

可莹一惊，浑身如坠冰窟，一句话也答不上来。

"朕了解你，你是和安乐公主完全不同的人，阿猫阿狗死了，你都会为他们落上两滴泪。可是吐蕃王子死了，你却只有满腔正义，没有丝毫伤心的意味。能告诉朕，这是为什么吗？"

可莹立即感受到强大的压力，几乎要将事情的来龙去脉和盘托出。可是话到唇边，一个人浮现在脑海中。

那是李轻羽。

他说过，来时的路已经很难了，可是接下来的路还要更难走。

眼下的局面，她一个人能解决得了吗？

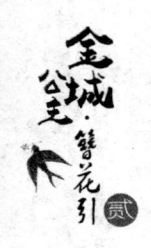

可莹思前想后，还是没能说出真相。她跪在地上："父皇，儿臣一心为大唐，还望父皇考虑大唐和吐蕃的盟约，三思而后行。"

"不用三思，吐蕃没有怀疑大唐，很快就会有新赞普，使者几个月后就会来大唐求朕册立。一味地去查明真相，只能两败俱伤。"

可莹呆呆地跪在地上，无法反驳。皇帝说得没错，大唐册立新赞普，吐蕃"安葬"王子，这是最好的结局。

她不知道接下来说了什么，做了什么，等走出暖书阁的时候，才觉得手脚回暖，终于有了知觉。

青儿迎上来，为她系上披风，带着哭腔问："公主，皇上答应了吗？"

可莹摇头。

"王子那么好的人，为什么……"青儿说到一半，压低了声音，"难道他从此，只能当一个活死人了？"

可莹一把抓住青儿的手，低声道："晌午过后出宫，我担心吐蕃王子知道这件事，会忍不住现身。"

"可是局势不利。"青儿看了看左右，"皇后刚复官，安乐公主也虎视眈眈，这节骨眼上……"

"等不及了，皇兄还要几日才回来，万一在这段时间里，王子做出了什么事，那就要出大事了。"可莹皱起眉头，"说不定，吐蕃那边宣布他的死讯，就是为了引他出来。"

青儿咬了咬唇，低声道："那好，我这就去准备。"

第四章 梅花映人雪映月

五

　　用完午膳，可莹换了一身轻便的宫装，带着青儿出了宫。到了香兰居，立即有门房来迎接："金城公主，你来了。"

　　"府内一切都好？"可莹装作若无其事的样子问。

　　门房不知内情，满脸堆笑："回禀公主，香兰居里的兰花香草都有专人照料，有十几株马上开花。再暖和些，把池塘修整修整，再增建一片屋舍，住起来可惬意了！"

　　可莹面上不起波澜，语气自然："那位受伤的远房宗亲，也差不多恢复了吧？"

　　为了掩盖吐蕃王子的身份，他们只能对外说，王子是一位远房宗亲，因为受伤才特许在这里养伤。

　　门房想了想："没留意，应该好了吧？公主不说，老奴都记不起他了！"

　　可莹这才放心，没让人留意，说明吐蕃王子一切安好。

　　到了吐蕃王子养伤的院落，可莹屏退左右，带着青儿走了进去。她在房门上轻叩三声，静静地听着里面的动静。

　　里面静悄悄的。

　　可莹再叩了三下，依然没有听到动静。她急了，和青儿对视一眼，直接推门进去，发现里面一个人也没有。

　　"糟了！"可莹没想到吐蕃王子还真的离开了，顿时急火攻心。她火急火燎地往外冲，却差点儿迎面撞上一个人。

　　玲珑背着一个人，惊喜地看着可莹："金城公主？"

　　可莹忙上前查看，发现玲珑背上的那个人，正是吐蕃王子。他似乎毒发，嘴唇泛白，已经晕了过去。

　　"怎么回事？"可莹忙让青儿帮忙，将吐蕃王子抬进房中。

　　玲珑擦了把汗，脸颊红扑扑的。她憨笑着说："王子想逃，翻墙的时候毒发，幸好我碰见了，立即用香药给他解了毒。公主放心，已经没事了。"

　　"谢了，幸好有你。"可莹感激，让青儿赏给玲珑十两银子。玲珑摆着手推辞:"谢过公主,可是我不能要,毕竟我的命是八皇子救的,现在做的一切都是报答。"

可莹知道她重情重义,也就不再多说。她让玲珑查看了下吐蕃王子的伤势,才知道这是怒火攻心导致。

"青儿,你出去买些安神的药。王子的伤必须静养。"可莹说。

青儿答应,走了出去。

就在这时,吐蕃王子悠悠转醒,慢慢睁开眼睛。他艰难地撑坐起来,一掀被子,就要往外走。

可莹忙拦住他:"你干什么去?"

"我要去见大唐皇帝,让他告诉天下人——我没死!"吐蕃王子脸色铁青,"我还要将真相公之于众,让世人都知道刺客就是我哥哥派来的。他谋害手足,不配做个明君!"

"恐怕你还没走进皇宫,就已经被人刺杀。"可莹无奈地告诉了他这个残酷的事实。

吐蕃王子双眸微眯,盯着她:"你呢?你帮我吗?"

"我已经尽力去帮你,但是……"可莹想起父皇和淑妃的态度,有些难以启齿。

吐蕃王子颓然地坐在床上,喃喃地道:"难道,从此以后,我就是一个没有身份的人了?"

"你有身份,这是谁都抹不去的。相信我,我和皇兄一定能让你恢复往日的荣耀。"可莹软声安慰,"如果新赞普是这样残忍冷血的人,那他早晚会对大唐不利。我会让父皇明白这个道理。"

玲珑一直沉默,此时突然开口:"公主,有件事我不知道当说不当说。"

"说。"

"早上我去买香料,无意中发现自己被盯梢。我本以为是抢劫香坊的人,现在看来,可能没那么简单。"玲珑忧心忡忡,"不会是……有人发现王子在这里了吧?"

可莹头皮一麻,明白事情可能有些糟糕了。她当机立断:"玲珑,马上告诉下人,加强戒备。"然后,她看向吐蕃王子,"从现在开始,你哪里都不能去。这里被人发现了,就算要转移,也要等到李轻羽回来。"

"如果他们杀上门来,我就杀回去!"吐蕃王子霍然起身。

玲珑忙说:"王子,如果被人发现你在香兰居,那就更不利了!旁人有可能诬陷这是公主和八皇子共同设的一个局,意图挑拨大唐和吐蕃的关系。到时候,一万张嘴也说不清楚了。"

吐蕃王子一怔,定定地看向可莹,斩钉截铁地说:"原来如此,是我欠考虑了。可莹,如果我的身份提前暴露,我就自戕,绝对不会影响到你。"

"人命是最重要的,到任何时候,你都不要放弃自己。"可莹叹气。

三个人正商量对策,忽然外面传来了喧闹声,夹杂着李媛媛的高呼:"都给我让开!我要找我皇姐!"

"李媛媛?"可莹顿时戒备,"她来做什么?"她赶紧一推吐蕃王子,"你快藏起来!"

可莹快步走出屋舍,正看到李媛媛带着几名侍卫往这边闯来。香兰居的仆人拦在李媛媛面前:"燕安县主,没有公主的命令,你不能进来。"

"金城公主是我亲姐姐,你们算哪根葱,也敢拦我?"李媛媛抬眼看到可莹站在门口,立即高声笑道,"姐姐,我来看你了!怎么,你不欢迎啊?"

"放肆!妹妹你们也敢拦?"可莹知道李媛媛来者不善,但仍然要给颜面。等到下人让开,她才慢慢走到李媛媛面前:"妹妹也不让人通传一声,这茶都没备上,妹妹可别说我待客不周啊。"

李媛媛露出不怀好意的笑容,径直往屋舍那边走去:"我和姐姐就不客气了,现在看茶也是来得及的。"

可莹忙拦住李媛媛:"这间屋子乱,妹妹去花厅吧。"

"姐姐,你当我不知道吗?这香兰居里收集了上百种兰花,本不是用来居住的。所以屋子里乱一点儿又有什么关系?"李媛媛拨开可莹的手,"听说明年动工修建楼阁,到时候别忘了再请我来。"

说着，李媛媛就要冲进屋舍里去。

可莹眼疾手快，一把扯住她的袖子："妹妹，屋子没有打扫，你这样进去，恐怕弄脏你的衣服。"

她向玲珑使了一个眼色，玲珑立即会意，走过来说："县主，我正要打扫这间屋子呢，还请移驾花厅！"

"你这奴婢，有资格和我说话吗？"李媛媛突然暴起，对玲珑横眉竖目，"给我让开！本县主今天就要进去！"

可莹想再去拦她，可是李媛媛力气太大，带来的侍卫也冲了上来。可莹被人群撞倒在地，额头猛然一痛，眼前顿时一黑。

一股温热的液体从额头流淌下来，一直流到嘴里，散发出一股咸腥味。可莹听到有人尖叫："公主受伤了！"

可莹勉强睁开眼睛，看到李媛媛怔怔地站在屋檐下看着她，面露犹豫之色。很快，李媛媛咬了咬牙，眸中锐色尽显。

"拦住她！"可莹在玲珑的搀扶下站了起来。

可是已经晚了，李媛媛转身推开门，冲进房中！

可莹顾不上伤势，往屋舍方向奔去。然而就在这时，李媛媛的惊叫声传来："啊——"

完了！

这是可莹听到尖叫后的第一反应。

吐蕃王子在房中，他为了掩饰身份，肯定会对李媛媛不利。本来王子的处境就非常尴尬，如果再摊上伤害县主的罪名，那他就更难翻盘了！

出乎所有人意料，一只鹰隼从房中飞出，鹰爪上金灿灿的！

可莹定睛一望，发现那鹰爪居然抓了一支金簪。人群喧闹一片，纷纷嚷着要救县主，但看到鹰隼之后，又都不约而同地后退。

"让开！"可莹一手捂着额头，气势汹汹地走进房中。刹那间，她已经想好了对策。

然而，房中并没有吐蕃王子，李媛媛蹲在地上，正抱着双膝哭泣。她抬头

看到可莹，立即哭道："你房中怎么会有鹰隼？"

听到她没有提及吐蕃王子，可莹这才放心下来："这香兰居本来就不是用来居住的，出现鹰隼又有什么稀奇的？"

"如果你一开始就说这屋子里有鹰隼，我必定不会进来！"李媛媛怒目而视，"所以这房间里必然有古怪！"

可莹慢悠悠地道："我不想让人知道我在熬鹰，很奇怪吗？"她放下手，露出额头上骇人的伤口，"倒是你，带来的人把我撞伤了，该当何罪？"

李媛媛有些心虚，强撑着说："未必是我的人撞的，也可能是你的家丁太莽撞……"她快步走出屋舍，对外面的人高声喊道，"你们谁看到公主是怎么跌倒的？"

众人噤声。

其实大家都很明白，公主和县主是亲姐妹，就算闹到皇上那里去，也可能是不了了之。

"是他！"玲珑突然站起来，指着一名侍卫说，"我亲眼看到的，是他撞倒了公主！"

侍卫立即脸色大变，往可莹面前一跪："公主恕罪！臣不是有意的……"

"闭嘴，不是你的错，不要乱认！"李媛媛恨铁不成钢，"这个小婢女是姐姐的人，当然会向着姐姐说话了！"

玲珑摇头："我是不会说谎的，就是他撞的！"

"证据呢？除了你，还有人看见吗？"李媛媛气焰嚣张。玲珑被问得语塞，求助地望向可莹。

可莹气得浑身发抖，没想到李媛媛竟然这样无耻。可是眼下并不是纠结的时候，因为吐蕃王子肯定藏在附近，再拖下去，恐怕事情会败露。

她只能闭上眼睛："玲珑，没有其他证人的话，就让燕安县主走！"

"公主！"玲珑和家丁不甘心地喊。

"走！"可莹睁开眼睛盯着李媛媛，"你还想闹到几时？"

李媛媛冷笑一声，转身就要离开。然而就在这时，头顶上忽然落下慢悠悠

的一声："谁说没有证人了？"

可莹抬头，愕然发现树上居然站着一个人。那个人长身鹤立，风姿俊雅，竟然是临淄王李隆基！

"见过临淄王！"院子里的众人纷纷向李隆基行礼。可莹也盈盈一拜："金城见过皇兄。"

李隆基从树上跳下，身姿如同豹子般迅捷优雅。他款步走到可莹面前，从袖中掏出一枚小瓷瓶："这是上好的金创药膏，皇妹拿去用吧。"

可莹不知他看到了多少，也不知道他是敌是友，只得道："谢皇兄。今日之事，可莹并不想计较，还是让燕安县主走吧。"

"皇妹此言差矣，尔现在是公主，代表的是皇家体面。公主被人打伤，伤的是大唐的颜面，岂能就这样放过？"李隆基语气平淡，说出的话却是雷霆万钧，跪在地上的侍卫顿时抖如筛糠。

"临淄王，念他是初犯，就饶他一回吧！"李媛媛看势头不对，忙上前求情。

李隆基眯了眯眼睛，俊美双眸里冷锐一闪："既然县主开口，本王自然得给个面子，可以饶过他……"

李媛媛大喜，正要谢恩，没想到李隆基的下一句却是："可以给他一个全尸。带走！"

"县主救我！临淄王饶命啊！"侍卫发出凄厉的呼声。可是香兰居的家丁一拥而上，将侍卫五花大绑。

李媛媛脸色煞白，想再次开口求情，却惮于李隆基的强大气势，一个字也说不出来。

李隆基看向可莹，不紧不慢地说："劳烦皇妹借我两个人手，将这个侍卫送到我的府邸上。皇妹受的委屈，我会替你讨回来。"

可莹想息事宁人，可是李隆基周身散发的冷肃气息，寒得她不敢有半点儿异议："全凭皇兄安排吧。"

"如此甚好。"李隆基整理了一下袖管，对可莹露出意味深长的笑容，

"以后,本王看谁还敢乱闯香兰居!"

"不敢!不敢!"家丁和侍卫们齐声回应。

只有玲珑小声嘀咕:"临淄王不请自来,也是乱闯的。"

可莹顿时两眼一黑,想要阻止玲珑已经来不及。李隆基斜眼看向玲珑,上下打量了下她,才说:"小丫头真是初生牛犊不怕虎。你知不知道诋毁皇族,也是死罪?"

"皇兄,玲珑人小不懂事,还望你不要和她计较。"可莹忙说。

李隆基微微一笑:"皇妹开口,本王还有什么可计较的?小丫头有胆色,忠心护主,我赏都来不及,还罚?"

说着,他从手上取下一枚玉扳指,遥遥递向玲珑:"来,这个赏你了。"

玲珑不想去接,可又不敢拒绝,可怜巴巴地看向可莹。可莹上前,接过玉扳指:"玲珑没见过世面,不敢造次,我替她接了,谢过皇兄。"

李隆基这才转身,带着两名家丁和那名已经吓瘫的侍卫,扬长而去。

李媛媛欲哭无泪,却不能在可莹面前失了气场,只草草向她屈膝行礼:"姐姐好好养伤,妹妹改日上门赔罪。"

语毕,她不等可莹回答,就转身匆匆离去。

玲珑气得咬牙:"公主,这个燕安县主也太可恶了!这是什么态度!"

"你还有心思和县主纠缠?"可莹敛眉,转身回了屋舍。玲珑这才意识到不对劲,忙对家丁们说:"你们都去护院,再有异常,立即来报!"

"是!"家丁散去。

玲珑进了屋舍,可莹正看着帘帷后发呆。她上前,发现吐蕃王子已经晕倒在帘帷后。

她赶紧将吐蕃王子扶上床,然后才忙问可莹:"公主,玲珑是不是说错了什么?"

可莹仔细看着玲珑,她比自己小上几岁,黑亮如晶石的眼睛里充满着迷茫。她微微叹气,伸开手掌:"刚才临淄王赏你的玉扳指,给。"

"我不要!"玲珑红了脸,"我觉得他不怀好意!"

可莹点头："他是不怀好意，不然也不会藏身在树上。"她垂下眼睫，"方才他脱玉扳指的时候，我看得很清楚，他另一根手指上，戴的是吐蕃王子所豢养的鹰隼的戒环。"

"啊！"玲珑大惊失色。

"也就是说，那只鹰隼击倒李媛媛，飞逃出去之后，被他捉了。"可莹神色严肃，"临淄王用这种方式提醒我，他知道吐蕃王子藏身在这里的秘密。"

玲珑吓得一句话也说不出来。

"所以，你还要和李媛媛纠缠吗？"可莹满脸忧色，"能应付掉临淄王这尊瘟神，就不错了。"

世事如棋，只要身处旋涡中心，那就从来都不肯善罢甘休。原本平静的水面下，波涛暗涌。

临淄王李隆基，到底有什么目的……

一

安顿好吐蕃王子,并且加强了香兰居的守卫,可莹才回到皇宫。

她额头上的伤引走了淑妃的注意,但在追问下,可莹还是选择了息事宁人,只说这伤是自己不小心磕碰的。

距离李轻羽回京,还有两三天时间。可莹从来没有觉得这样煎熬过,她第一次觉得,李轻羽就是她的主心骨。

终于,两三天后,李轻羽回京。

走进皇宫里时,他身披巍巍战甲,双眸如炬,步履沉稳,强大的气势引人注目。

皇帝在暖书阁召见了他,见李轻羽这番英姿,非常欣赏:"轻羽,这次的事你做得很好。之前封王的事,朕也打算提上日程。就封你为临安王。"

"谢父皇!"李轻羽跪地谢恩。

父子两人又说了一会儿话,李轻羽才从暖书阁走了出来。外面淅淅沥沥地下了一场小雨,他刚要命人打伞,旁边就有人举伞过来:"皇兄。"

李轻羽微愕,看到伞下的人居然是可莹,顿时心情大好:"是你?"随即,他的笑容收起,"尔额头上的伤是怎么回事?"

额头上的那道伤口已经结痂,可莹为了掩饰,戴了一件额饰。金红珠链从额前垂坠下来,遮盖住了那条褐色伤疤,不仔细看是发现不了的。

可莹忙扭过头去:"不小心磕碰的。"

"胡说,自己磕碰能成这样?"李轻羽蹙紧长眉,"到底怎么回事?你给我说实话!"

可莹低头不语,只是领着李轻羽快步走到他所居住的宫苑。进入园子之后,她才将前几天发生的事情一五一十地说了出来。

"临淄王?"李轻羽皱眉沉思,半晌才说,"他不一定会告发我们,不然,在发现鹰隼戒环之后就声张了。"

"真的吗?"可莹心有余悸。

她想起李隆基轻轻巧巧地就处死了一名侍卫,李媛媛在旁边干瞪眼也无可

奈何的情景,就觉得李隆基不是善茬。

李轻羽说:"临淄王今日会在校场练箭,我去找他,当面试探下他到底想要做什么。"

"我也去。"可莹稳了稳心神。

两个人一同来到校场。

因为小雨还在淅淅沥沥地落着,路上湿滑,所以整个场地只有李隆基一人在练习射箭。

只见他挽弓搭箭,眸光一紧,瞄准靶心之后立即放手,一支黑箭便飞出一道漂亮的弧线,瞬间射中靶心。

没有任何喘息的机会,李隆基忽然搭起第二支利箭,却没有对准靶子,而是忽然改变方向,往可莹这边射过来。

生死刹那间,一切都快如闪电。可莹只觉得眼前一晃,耳边风声凌厉,接着便看到李轻羽挡在自己面前,手中紧紧攥着那支箭!

因为箭头锐利,李轻羽的手指划破了皮,正往下滴血。可莹惊叫一声,忙掏出手绢为李轻羽缠上:"皇兄,没事吧?"

"没事!"李轻羽愤愤地将黑箭扔在地上,"临淄王,你这是什么意思?"

李隆基淡淡一笑,走到两个人面前睨着他们:"你们藏着吐蕃王子,又是什么意思?哦,王子的死讯已经天下知晓,你们想用这样一个活死人,做什么呢?"

"他不是活死人,他是和你、和我一样有血有肉的人!"可莹胸中涌动着一股愤怒。

李隆基看她一眼:"新赞普的使者就要来大唐了,这个时候节外生枝,你们不怕给大唐惹上麻烦吗?"

"皇兄什么都不说、不做,自然没麻烦。"李轻羽寒声说。

李隆基仰头大笑:"我自然什么都不说、不做,可是你们呢?我是在问你们想要做什么？"他收了笑，恶狠狠地说，"如果你们想要做任何对大唐不利的事情，我第一个不会放过你们！"

"皇兄多虑了，谁都有可能对大唐不利，就是我们不可能。"李轻羽坦然说，"我们救下吐蕃王子，没有任何政治上的考虑，只是因为他是我们的挚友。当时我碰见有人追杀王子，如果我不出手，他就会死。皇兄，如果是你，你怎么办？难道要看着那个人白白死去？"

李隆基一怔，顿了顿才说："的确，不能眼睁睁看着一条生命死去……"他又自嘲地笑了笑，"可是你们接下来打算怎么做呢？让王子归隐山林？恐怕这比杀了他还难受。"

可莹想到吐蕃王子的神色，有些失落。眼下，王子最好的结局就是在一个清净的地方了此残生，可是他愿意吗？

一位王子被人从神坛上赶下来，沦为丧家之犬。那么除了让他重归神坛，没有第二个让他幸福的办法。

"我可以帮你们。"李隆基突然开口说，"你们一个是收养的公主，一个刚刚归宗认祖，在皇叔那里能有多少底气？恐怕你刚开口起个头，皇叔就会一口回绝。"

可莹想起皇帝之前的态度，的确如同李隆基所说。她追问："那依你之见，要怎么办？"

"要让皇叔知道事情的来龙去脉，以及所有的利害关系。这事，非得我来说不可。"李隆基自信满满，"而且，我已经掌握了新赞普对大唐不利的证据，到时候双管齐下，皇叔只要答应支持吐蕃王子，就能让他重新回到吐蕃，恢复王子的尊位。"

可莹惊喜："你掌握了新赞普的证据？为什么不早拿出来？"

李隆基轻描淡写："我急什么？这大唐有我的一份，却又不是我的。"

可莹一琢磨，顿时觉得李隆基这句话大有深意。前朝往事，历历可数。在当今皇帝之前的皇上，就是李隆基的父亲。按理说，李隆基应该是太子，即皇帝位，可是他如今只是一个王爷……

李轻羽直截了当:"皇兄,直说了吧,你想要什么?"

李隆基把玩着手里的弓箭:"做我的眼睛,帮我盯着……"他故意顿了一下才说,"淑妃。"

"你要我们背叛淑母妃?那是不可能的!"可莹义愤填膺。

李隆基斜过目光,盯着可莹:"别回答得那样快,我给你们时间考虑。"他笑得邪气,"皇后娘娘马上恢复尊位,你们说,她最针对的人是谁呢?"

李轻羽敛眉看他,忽然道:"好,我答应你。"

"皇兄!"可莹惊讶。

"可莹,在这后宫里,如果没有任何妥协,我们不可能独善其身。"李轻羽对可莹说完,再次看向李隆基,"我可以帮你监视淑妃,但我不一定会说出所有你想要知道的内容,而且你想要做什么,也要告诉我。"

李隆基似笑非笑:"你居然在和我讲条件?"

"对。"李轻羽直视着他,"我可以为你所用,但不会事事听从于你。不然,大不了鱼死网破,谁都讨不到便宜!"

李隆基被他的话语一震,表情顿时有些忌惮。他深深地看了李轻羽一眼,面上却没有丝毫笑意,转身离去。

他的身影渐渐隐在水雾中,像水墨画里最淡的一笔。

"皇兄,我们真的要答应他吗?"可莹忧心忡忡,"和李隆基混在一起,不亚于与虎谋皮啊!"

"可莹,你听着,这件事只和我有关,和你没有半点儿关系。吐蕃王子是我救的,也是我藏的,你都不知情。"李轻羽紧紧地盯着她。

可莹心头一颤,顿时明白了李轻羽话中的深意:"不行!这件事我也有份,你不能一个人扛。"

她心里乱糟糟的,一股不祥的预感涌上心头。李轻羽打算扛下所有责任,就是觉得这件事要暴露了!

"皇兄,与其你一个人担责,不如我们想想办法,反正已经暂时稳住临淄

王了。"可莹眼中充满了眼泪。

李轻羽沉吟了一下:"可莹,这段时间你不能出宫了,不如就在宫里养几只鹰。一是李媛媛那边误以为你在养鹰,演戏要演足;二是你也需要一些属于自己的武器。"

可莹怔了怔,认同地点头。

眼下,也只好这样了……

二

很快,李轻羽就给可莹弄来一只鹰,并让吐蕃王子改头换面,让他以鹰奴的身份混入鹰房。

可莹去了鹰房,差点儿没认出来吐蕃王子。只见他英挺长眉被削掉尾端,麦色皮肤也变白了不少,左眼上还做了一条假刀疤。

她还以为那是一名普通的鹰奴,并没有多加留意,径直往鹰房里走,结果突然听到他开口:"是我。"

"是你?"可莹这才认出吐蕃王子,打量了他一下,忽然捂唇而笑:"你这脸上的刀疤做得还挺逼真的。"

"是不是很丑?李轻羽非要我加一条疤上去,说这样才安全。"吐蕃王子十分不满,"这下子就算是吐蕃的人站到我面前,都认不出我来了。"

可莹笑着摇头:"不丑,这条疤很有英气。"

话音刚落,她就看到吐蕃王子的脸"唰"地红了起来。她吓了一跳:"你的脸怎么了?是不是易颜术出了问题?"

"咳咳,是啊!这铅粉让人不舒服……"吐蕃王子手足无措地抹脸,想要掩饰自己的尴尬神色。

可莹不知内里,递过自己的绢帕:"那快擦擦,可能是易容的铅粉不好。"

吐蕃王子接过绢帕,立即嗅到帕子上散发出来的清甜香气,顿时更加面红耳赤。他留意到,帕子一角绣的是红梅。梅花灼艳而开,就如同她的人一样,傲立雪中,绝不妥协。

红梅的旁边,绣着一个娟秀的字:莹。

明丽清秀是为莹,美玉风骨是为莹,皑皑雪光是为莹。

吐蕃王子唇角便漾出一丝微笑来。他摩挲着手中的帕子,心里居然产生万分的不舍,不舍将她用过的帕子去擦拭脸上的铅粉。

他转过身,低声道:"谢过公主。"

"不用谢,我是来请教如何熬鹰的。"可莹并未发现吐蕃王子的异常,

"我熬了几天鹰，可是这鹰还是不能驯服于我，到底是怎么回事？"

吐蕃王子将绢帕收在袖管里，转身看着可莹。她目光清澈，映出他的身影，是那样让人心生欢喜。

"王子？"可莹见他不吭声，喊了一声。

吐蕃王子这才回神，顿了顿说："不是光熬鹰，鹰就能服于你，还要看这只鹰的野性有多少。"

"怎讲？"

"鹰和人一样，有的野性大，有的野性小。野性大的，就要多熬几天。熬的时候，不要待在鹰跟前，要在它快要撑不住的时候给它食物和水，从此以后，它就死心塌地认你做主人了。"

可莹心头巨震，脑海里像突然出现了一道光，劈开了多日以来盘旋不去的黑暗。

她匆匆告辞，快步走出鹰房。青儿在外面等候，见她脸色不好，忙迎上去："公主，是不是不舒服？淑妃那边派人传话，说等会儿要来，要是你身体不舒服，那就先回绝了吧？"

"不用。"可莹摇了摇头，"我和淑母妃之间有龃龉，正好可以趁这个机会缓和一下关系。快扶我上步辇吧，可不能怠慢了。"

青儿答应一声，招手让步辇过来。可莹坐上去，在晃晃悠悠中开始思考，等会儿见了淑妃，自己要如何说，如何做。毕竟，淑妃是在这后宫里为数不多的对自己友好的人。

回了宫苑，可莹先命人将茶水烹上，然后开始在宫室门口等候。果然，不多时，淑妃带着两名宫女进来，看到可莹就笑道："多日未见金城，出落得更清秀脱俗了。"

"淑母妃又开我玩笑，论清丽脱俗，哪里比得过淑母妃您呢？"可莹乖巧地向淑妃行礼。

淑妃拍拍可莹的手："我就算比得过你，又有什么用呢？你的路比我要长，你要做这些公主里面最拔尖的才有用。"突然，她话锋一转，"你说你最

近熬什么鹰呢?大唐公主就应该平日习练琴棋书画,不要玩一些粗鄙玩意儿。去,把公主的鹰拿走。"

可莹打了个激灵,忙拦在淑妃面前:"淑母妃,可莹马上就要驯服这些鹰隼了,您这个时候拿走,我前面的工夫都白费了。"

"你怎么这样不懂事?说了公主不能玩鹰,就是不能!"淑妃板起脸,"难道要这官里其他人笑话你不成?"

"可莹不怕别人笑话,只怕有一天被人暗害,不得周全!"

淑妃叹气,摆了摆手,让官人们退开,才执着可莹的手道:"金城,你听我一句劝,别弄这些鹰隼了,煞气太重。你看安乐公主,不是吹笛就是写诗,仙气飘飘,让皇帝不知道该怎么宠!再说了,皇后娘娘平日里见不得这些鹰隼,你是知道的。"

"皇后本就不来我这里,她就算怕,也见不着。"可莹有些不明白。

淑妃笑得有些不自在:"你啊,还是太单纯。皇后是这后官里最大的主子,肯定要顾及她的感受,这样她才能提携你!"

皇后?

皇后不是向来视她和淑妃为眼中钉、肉中刺吗?

可莹茫然:"淑母妃,我不懂你的意思。"

"你这孩子平日里机灵,怎么这会儿糊涂了?"淑妃压低了声音,"我已经面见皇后娘娘,皇后答应,从今往后不会再针对我们了,更不会因为李媛媛去惩戒你。她已经看明白了,李媛媛太过蠢笨,不足以为她所用。"

可莹整个人都呆住了,睁大眼睛看着淑妃,仿佛不曾认识她。

"没有永远的敌人,只有因为利益而结成的朋友。可莹,我们可以和皇后娘娘、安乐公主结盟,从此在这后官里,谁能动得了我们?"淑妃一边说,一边观察可莹的表情。

可莹颤抖着嘴唇,喃喃道:"不……淑母妃,本来就没有人能动得了我们。我们从不作恶,身正影正……"

"可莹,你别忘了,还有一个人,那就是李重俊!"淑妃一把抓住她的手,阻止她再说下去,"你想想看,如果李重俊失去了太子之位,那接任的太子会是谁呢?李轻羽是有可能的!你不想为他筹谋吗?"

可莹更加震惊,一个字也说不出来。

"就算你不为李轻羽筹谋前途,那命呢?"淑妃眯了眯眼睛,脸上透出一股阴厉的神色,"皇上现在这样宠爱李轻羽,更关键的是,他一直忘不掉柔妃。李重俊对这一点看得清楚,如果他真的上位了,会善待李轻羽吗?你是可以清心寡欲,云淡风轻,但你想避灾,灾祸却能找上门来,你想过没有?"

诚然,淑妃说的是再现实不过的问题。

太子李重俊,将来会继承皇位,然而皇帝一直不喜欢他的愚笨和懦弱。好几次,可莹都发现李重俊在用嫉恨的眼神看着李轻羽。

当然,李重俊也恨透了安乐公主。前朝有女子为帝的先例,皇帝这样宠爱安乐公主,说不定安乐公主也会威胁到李重俊的帝位。

所以对于李重俊来说,他会除掉所有的挡路石。从这个角度来说,安乐公主和李轻羽,的确可以联手。

然而,这是必须要做的吗?

"淑母妃,皇后是害死柔妃的人啊,她也多次害过我,你让我去听命于她,这让我情何以堪?"可莹喉咙肿痛,酸涩一点点涌上心头,"我做不到,也不想做!"

淑妃一愣,娇美的五官顿时扭曲:"金城,没想到你这样冥顽不化,枉费我这样栽培你!"她气得胸口不停起伏,"我再问一遍,你到底答不答应?只要你点个头,我当你只是在耍小孩子脾气。"

"如果我还是不答应呢?"可莹抬眼望着淑妃,心里悲哀一片。

淑妃冷漠中带着不屑:"如果你还是不答应,那以后我们就桥归桥、路归路,从此没有任何关系了。"说着,她放软语气,"金城,我知道你是好孩子,一时还接受不了我的安排。不如你想一想,再回答我,好吗?"

可莹没有正面回答,只是往廊檐下一指:"淑母妃,你看,我熬了两只鹰,它们已经两三天不吃不喝,也没有睡觉。"

第五章 平地阵雷起惊飙

"你想说什么?"淑妃疑惑。

"鹰天生有野性,所以才要用熬鹰这种方法去征服。同理,可莹也有野性,不会轻易屈服于强权之下。如果淑母妃非要可莹句皇后和安乐公主示弱,为他人所驱使,那不如就用熬鹰这种法子对待可莹。说不定可莹陷入绝境,就能磨平这性子了。"

淑妃脸色发白,身子晃了几晃:"你这样说,就是仗着我不可能那样对你!可莹,你真是……"

她说不下去了,转身往外走去。走了两步,她回头盯着可莹:"你这样执拗,是会害死你自己,害死李轻羽的!"

说完,淑妃便带着自己的宫女离开。

可莹看着她的背影远去,这才松懈一身戒备。可是心头酸涩,她眼中又涌出了泪水。

青儿快步走过来,哽咽着问:"公主,淑妃娘娘为什么发怒了?她是不是从今以后都不会照拂咱们了?"

"不用太在意,淑母妃已经不是过去的淑母妃了。"可莹扶额,心痛如绞。她想起以前温柔和蔼的淑妃,有些难以相信她和如今声色俱厉的皇后是同一类人。

也许,淑妃更善于伪装。

她是则天皇帝身边的女官,后来又做了皇帝的宠妃,如果没点儿野心、手腕和见识,是走不到这一步的。

思及此,可莹心里充满了无限的悲哀,脚步虚软地往宫室里走去。然而,在刚迈过门槛时,纱帷被风吹动,隐约可见后面有一个人影。

她差点儿惊叫出声,却忍住了。

"青儿,你先出去。我想独自静一静,你别打扰我。"可莹对身边的青儿说。青儿一直低着头,并没有发现异样,闻言便答应一声,转身出去了。

可莹关上门,扭头盯着纱帷:"你是谁?出来吧!"

雪色纱帷轻轻拂动,伸出一只指骨分明的手,轻轻一撩,纱帷后的人便呈

现在可莹面前。

"你来这里做什么。"可莹冷冷地看着李隆基。

李隆基淡笑一声,声线凉凉:"自然是来问问,淑妃都和你说了什么?看样子,好像不太愉快?"

可莹心头一抖,便知道,李隆基这是要她履行之前的诺言了。

她不知道该说什么,只好沉默不语。李隆基走上前,低声道:"怎么?你想反悔吗?"

他摊开手,那枚戒环就躺在他的手心里:"难道你想让我告发吐蕃王子?不妨告诉你,新赞普的使者已经抵达长安了。从此以后,吐蕃王子就是一个禁忌,所有人都恨不得他死!"

可莹抬眼看着李隆基,忽而一笑:"依照约定,我可以告诉你淑妃说了什么,但是你要先告诉我,你想要做什么?"

李隆基一怔,看到可莹双瞳如水,目光清亮透彻,居然鬼使神差地说了出来:"淑妃近日干涉朝政,我怕她对大唐不利。"

"淑母妃不会这样做的!"可莹一惊。

李隆基说:"淑妃野心很大,为了权势,还有什么做不出来?我知道她对你有恩,但平心而论,大唐对你的恩情更大。"

可莹想到淑妃的各种表现,怔怔无言,半晌才说:"淑母妃可能要和皇后、安乐公主联手。"

李隆基吃惊:"她真能做出来!"

"淑母妃只是这样说,可能不会真的这样做。"可莹还在安慰自己,"不到万不得已,我是不会揭发淑母妃的。也许,皇后、安乐公主和淑母妃联手之后,不会再做坏事了。"

李隆基呵呵冷笑:"该来的都会来,只是你一厢情愿。"

可莹心中愤然,一甩袖子:"好了,该说的我都说了,还请临淄王怎么来的,就怎么走。"

"这么想我走?我又没害你。"李隆基反而好整以暇地靠在窗子上,向可

莹挑眉微笑。

"当然想你走,毕竟你是个杀人不眨眼的王爷。"可莹想起上次在香兰居,李隆基杀那个侍卫的场景,就感到不寒而栗。

李隆基"哦"了一声:"如果我告诉你,我并没有杀那名侍卫呢?"

"啊?"

"你是大唐公主,必须要有震慑力,李媛媛这种货色才不敢对你不敬。在那种情况下,我只能假装要处死侍卫,才能帮你立威。"李隆基埋怨道,"没想到啊,你居然因此误会了我这么久。"

他打开窗户,纵身敏捷一跃就攀上枝头,冲可莹笑呵呵地说:"我帮你立威,还没要谢礼呢,下次给我。"

太无耻了!

可莹惊得目瞪口呆。

李隆基倒是毫不在意,身形矫健地一晃,便消失在宫墙外面。

可莹站在窗前,紧锁眉头。她有些看不清楚李隆基这个人了,原本以为他是腹黑、阴鸷的一个人,没想到却还能与人逗趣。尤其是他最终放过那名冒犯自己的侍卫,更是让可莹有些茫然。

他是奸,是恶,还是在演戏?

三

得罪了淑妃之后，可莹恹恹了几日，并没有在皇宫里多走动，而是将自己关在房中熬鹰。

其中一只鹰太过刚硬，熬了几天还不屈服。可莹无奈之下，便将那只鹰隼放飞，悉心调教起另一只鹰隼来。

青儿很是担心，不止一次地劝说："公主，别人闺房里都是胭脂水粉，香气四溢，你倒好，这丑不啦唧的玩意儿，怪吓人的。"

"你懂什么？这鹰现在可听话了。"可莹侧了下肩膀，让鹰隼落在自己肩膀上，"走，咱们出去逛逛。"

"公主，不要坐步辇，还是坐羊车吧。车里好歹能藏鹰。"青儿脸色发白。可莹一笑，却也接受了。

她乘坐一辆羊车出了宫苑，一路上从车窗帘的缝隙往外看。到了华德门，正看到一座铜塔上一人临风玉立，看着很像吐蕃王子。

可莹忙让停车，下车后便上了铜塔。她走上一级级台阶，到了半腰的露台，斜刺里却冲出一个人。

李轻羽拦住可莹："别去了，让他独自静一会儿。"

可莹伸长脖子望过去，看到吐蕃王子凭栏而立，背影有些落寞。她低声问李轻羽："皇兄，他本来就是隐姓埋名进的宫，现在站在塔上，被人发现怎么办？"

"我也没办法，他听闻今日新赞普的使者进宫，非要登高望远看个究竟。"李轻羽蹙眉，"这已经是王子的心结了。"

诚然，被亲哥哥追杀，被人当成一个死人，吐蕃王子很难迈过这道坎。

可莹问："那接下来呢，打算怎么办？"

"走一步看一步吧，真瞒不下去，只能跟父皇说实话了。"李轻羽有些苦恼，"大不了，我不做这个王爷。"

可莹想起了淑妃的话，苦笑道："皇兄，你以为放弃权势就能保命？可那些人恨不得斩草除根，根本不会在乎你放弃了什么。"

"你怎么了？临淄王是不是又找你了？"李轻羽意识到了什么。

可莹沉默了一会儿，才问："皇兄，如果我们从未和他接触过，那么你认为临淄王应该是什么样的人呢？"

李轻羽想了想，道："一个沉迷于戏曲鼓乐的逍遥王爷。"

"那上次我们在校场见到他，他为什么一身杀气，没有半点儿逍遥自在的气质呢？"

李轻羽一怔，半晌才道："我竟是忘记了，上次校场见面那天，正是窦皇太后的忌日。"

窦皇太后就是临淄王李隆基的生母。传闻窦皇太后曾经是先皇的宠妃，时封窦德妃。然而某日，灾难降临了，窦德妃竟被人告发在宫中行施厌胜之术。

厌胜之术，是以诅咒压伏其他人的一种巫术，这在任何一个朝代都是禁忌。因此，窦德妃很快就被赐死，李隆基从此失去了母亲。

是什么让一个热爱戏曲鼓乐的逍遥王爷充满戾气和仇恨？可能就是丧母之痛吧。

可莹忽然心有戚戚然："我懂了，其实李隆基也并不是完全意义上的坏人，他也有他的苦衷。说不定我们可以从这一点上，把他变成我们的盟友。"

"盟友？怎么可能？"李轻羽吃惊，"临淄王一直在调查我们，肯定对我们不利呀。"

"可是连淑母妃都能和皇后结盟，还有什么不可能的？"可莹悲哀地说，"单打独斗，根本不行！"

李轻羽猛然听到这个事实，顿时怔住了。他眼神渐渐变得空洞："你是说……淑母妃也和皇后……"

"皇兄，我知道你很难过，但是我们必须认清眼下的局势，知己知彼，才能百战不殆。"可莹说。

正说着，十步开外的吐蕃王子忽然绷紧身体，一掌拍在栏杆上。可莹和李轻羽忙扑了过去，正看到一支吐蕃队伍浩浩荡荡地走入这皇宫之中。

云色天光之下，花边旗和红狮旗迎风飘展。皇帝携百官站在丹陛之上，面

带微笑地看着吐蕃的使臣向自己走来。种种迹象表明，大唐已经承认接纳了新赞普。

"王子，现在不是意气用事的时候，我们……"可莹小心地观察着吐蕃王子的脸色。

吐蕃王子转过身，面色平静："无妨，我已经不是以前那个冲动的自己了，我会克制的。"

可越是这样，可莹就越是觉得心酸。

她还想说什么，李轻羽却扯了扯她的衣袖，示意她不要再多说。

可莹眼睁睁地看着吐蕃王子踉跄着走下楼梯，不解地回头看向李轻羽。李轻羽低声说："就让他自己想一想吧，我们说什么都没用。"

"我很担心，他会不会……"

"不会，我打通了关系，让玲珑也入了宫，做你的贴身宫女。到时候，玲珑也可以帮我一起盯着王子，防止他被暗害。"李轻羽说。

可莹想起玲珑对李轻羽仰慕的样子，不由得浅浅笑开："你倒是找了一个稳妥的人，只是你是为了王子呢，还是为了自己能经常见到玲珑呢？"

李轻羽脸色微微发红："别逗我了，我和玲珑没什么，我心里……"他说到一半，却忽地停住。

可莹好奇，催促问："你心里到底有谁？"

"我心里只有大唐基业，百姓社稷。"李轻羽快速说出这句话，脸却红如火烧云。他匆匆看了可莹一眼，纵身越过可莹，便匆匆下了楼。

四

吐蕃使臣抵达的第二日，皇帝为了给使臣接风洗尘，在宫中设下家宴，王爷、后妃、公主和皇子们都要参加。

青儿一早就忙坏了，为可莹梳头打扮，挑选首饰。玲珑作为新进宫的宫女，有些摸不到门路，只能干站在一旁。

可莹看了看镜中的自己，拔下两根步摇："青儿，你给我弄得太华贵了，这样不好。"

"公主，这家宴上有吐蕃使臣，你可不能让他们小瞧了大唐。"青儿扁了扁嘴巴，"我大唐泱泱大国，公主可不能输阵。"

可莹翻了青儿一个白眼，随手从玲珑手里拿过一枝雪柳，随手盘在发髻上："这样就好，显得自然清新，不扎眼睛。"

玲珑忙道："公主，这只是一枝雪柳，怎么能比得上那些金银首饰呢？"

"金银首饰固然很好，但能开出这样美的花吗？"可莹站起身，将拔下的一根步摇插在玲珑头上，"你看，这样好看多了。"

"公主，我怎么能……"玲珑面上一红。

可莹凑在玲珑耳边，轻声说："戴上吧，他今日也在，你在他面前也不能输阵呀。"

玲珑顿时羞涩，转身不语。

可莹看她这个样子，也不多说，起身整了整衣服，便走出宫室外，坐上步辇，就这样一路晃悠悠地到了大殿。

玲珑第一次见到如此恢宏的宫殿，眼睛忍不住四处张望。青儿忙提醒她："不要乱看，省得皇上怪罪。"

"知道了。"玲珑答应着，低头随可莹走进大殿，跟着一起行礼。只是她很快就感受到一股异样，偷偷抬眼，居然就看到了坐在席间的李轻羽。

今日他穿着正式的朝服，玉冠高束，气质卓然。玲珑只看了一眼，就挪不开眼睛了。

然而，她很快就听到一声厉喝："这是哪个宫的？这么不懂规矩！"

质问的人是安乐公主，她正紧紧盯着玲珑。玲珑吓得忙跪在地上，可莹刚想帮衬着说什么，忽然听到皇后慢悠悠地说："安乐，你这样严厉做什么？等会儿吐蕃使臣来了，让人家看笑话。"

皇后今日也是盛装，虽说比之前清减许多，但上挑的眉眼还是气场十足。她瞄了一眼跪在地上的玲珑："起来吧，快去伺候你的主子。"

"谢皇后。"可莹屈膝谢恩。她心里不禁有些意外，皇后入了一趟冷宫，当真收起了锋芒。

只是让她难过的是，从头到尾，淑妃坐在一旁都没有吭声，只是自顾自地吃着面前的小食。

淑妃，是真的打算和可莹划清界限了。

"金城公主，真是抱歉，刚才我太急了，嚷了你的人。这个小宫女，没吓着你吧？"安乐公主看到皇后丢给自己的眼色，终于记起要拉拢可莹的计划。

玲珑赶紧摇头："回安乐公主，是我不懂事。"

"快别说了，我和金城公主向来不分彼此，我刚才不知道你是她的人，不然也不会责怪你。"安乐公主一番虚情假意，忽然话锋一转，"哎，我看这小宫女平头正脸，惹人喜欢，不如就赏她一盒兰椒香吧！来人，把香送去。"

玲珑目瞪口呆地看着安乐公主的贴身宫女捧了一盒兰椒香走过来，接也不是，不接也不是。

可莹低声吩咐："让你接，你就收了吧。"说完，她向安乐公主屈膝微笑，"姐姐一番心意，我替玲珑谢过了。"

这兰椒香是上等之物，不是王孙贵族是绝对用不起的。可是安乐公主只赏了玲珑，没有赏可莹，这表面上是赏，其实是贬。

可莹不想跟安乐公主计较，转过脸便冷了神色，坐到自己的席位上。皇后无奈地瞪了安乐公主一眼，继续露出和蔼温柔的容色。

"公主，对不住，让您受辱了。"玲珑手里捧着兰椒香，几乎要哭出来。

可莹看她一眼，道："现在众目睽睽，你就算有再多的话也得忍着。等会儿人多了，我会给你找个借口溜出去，别忘了盯住吐蕃王子。"

玲珑答应一声,垂手而立。

可莹坐直身体,正迎上李轻羽关切的目光。她向他遥遥一笑,心头充满了苦涩。

可是转过眸光,她却看到李隆基也正看着自己。他的目光深邃、阴沉,还充满了戏谑和不屑,让可莹的一颗心立即揪了起来。

李隆基知道吐蕃王子没死的真相,只要他说出来,局势陡变,一场腥风血雨是免不了的。

她能在他揭发之前,将他变成盟友吗?

可莹胡思乱想着,立即没有了参加宴会的心情。不多时,皇帝和吐蕃使臣步入大殿,宴会正式开始。

吐蕃使臣生得人高马大,国字脸,面色黝黑。酒过三巡,他便直奔主题:"皇上,臣这次出使大唐,是有国事在身。新赞普不日便要统领吐蕃,还望皇上给予册封。"

皇帝点头微笑:"新赞普统领吐蕃,这是举国欢庆的盛事。"他忽然垂下眼睑,"可惜了,善擦拉温也曾经出使大唐,朕很欣赏他,如果他没有出意外,现在也应该是吐蕃的英明君主。"

善擦拉温,就是吐蕃王子的真名。

使臣脸色一变,忙道:"皇上,新赞普是善擦拉温王子的哥哥,对此悲剧也表示遗憾。但中原有一句话,叫作'人死不能复生'。既然善擦拉温已经回到了长生天的怀抱,那我等唯有拥立他的哥哥为新赞普。"

皇帝举起酒杯:"使臣多心了,朕不过是缅怀王子,并没有质疑新赞普的意思。善擦拉温英明神武,他的哥哥也必定是人中龙凤。"

使臣这才放心,举起酒杯向皇帝敬酒。

然而一口酒水尚未下肚,席间忽然传来一个高昂的声音:"吐蕃使臣,本王有个疑问!"

使臣一惊,转眸看到李隆基举着酒杯站了起来。他忙问:"临淄王殿下有何指教?"

"你们说善擦拉温王子已死,那是找到尸体了?"

使臣张口结舌,顿了顿才说:"没有,但是王子的随从都说,王子坠崖而死,尸体不知所终。山崖高千丈,崖底野兽遍布,王子生还的可能性很小。"

李隆基晃了晃酒杯,悠然道:"随从也可能撒谎,这个你们想到过吗?"

"这……这绝无可能!"使臣慌了,"假如说王子没死,那他为什么不出现在我们的面前?这非常不合情理!"

"是啊,善擦拉温是王子,未来的赞普,怎么可能隐姓埋名不出现呢?"皇后笑吟吟地问。

安乐公主也掩口笑道:"母后说的有理,赞普之位非同小可,吐蕃那边怎么会弄错呢?"

这席间一番对话,听得可莹后背冷汗涔涔。她迅速看了一眼李轻羽,发现他也是满脸紧张。李隆基故意质疑善擦拉温之死,到底有什么目的?

好在李隆基并没有多说什么,只是向使臣举起酒杯:"既然王子确实回到了长生天的怀抱,那就让我们以薄酒一杯,敬善擦拉温!"

使臣点头应着,将杯中酒一饮而尽,但是放下酒杯的时候,他看李隆基的眼神明显尖锐了许多。

就像是鹰隼发现了地面上的兔子。

可莹完全没留意这些,她魂不守舍地坐着,暗地里观察着李隆基的一举一动。

本来她就紧张,偏偏李隆基还时不时地向她看过来。两个人的视线在半空中不小心地交接,可莹赶紧转过目光。

李隆基一笑,对身旁的李轻羽说:"你说,金城公主是看你,还是看我?她好像有什么心事。"

"临淄王说笑了,金城公主能有什么心事,不过是宴会人多,她有些放不开罢了。"李轻羽举起酒杯,碰了碰李隆基手中的酒杯,"来,临淄王,我敬你一杯。"

他眸光深沉，冷冷地看着李隆基。

李隆基一笑，压低了声音："这杯酒，是感谢我没有揭发吐蕃王子善擦拉温的所在之处？"

李轻羽迅速看了前后左右，确定没人听到，才咬牙切齿地说："临淄王，你别太过分！"

"啧啧，我是帮你们，你却不领情。"李隆基将酒樽放在鼻下，深深嗅着酒香，"你们藏他一时，还能藏一世？要知道，躲过这一时的刀剑，固然是可以保命，可是善擦拉温，也会永远失去他的赞普之位。"

李轻羽面覆冰霜，将酒水一饮而尽。

然后，他低声回答："这个，就不劳烦临淄王操心了。"

五

宴会结束,可莹和青儿回到宫苑里,才落下一颗吊着的心。临淄王今日居然不按常理出牌,这往后的棋,该如何走下去?

"玲珑回来了吗?"可莹见宫室里静悄悄的,问了一句。

话音刚落,玲珑就从纱帷后步出,一双眼睛已经哭得红通通的。可莹讶然,忙问:"玲珑,发生什么事了?是不是吐蕃王子……"

"不是吐蕃王子,是我。"玲珑捧着那盒兰椒香,眼泪一滴一滴地落在兰椒香的木盒上,"这香料,和我母亲调制的香料一模一样。"

可莹顿时惊讶:"你说什么?"

"这兰椒香的盒子上刻有日期,这香是上个月刚调制出来的。可是那时候,我的母亲已经被劫走了。"玲珑眼中充满了急切的神情,"这兰椒香和我母亲有关。"

可莹下意识地扭头看青儿,青儿也是脸色发白。她嘴唇颤了颤,猜测道:"公主,这兰椒香是安乐公主赏的,那就是说,香坊被劫的事情,和她有关?"

"你去把我皇兄和吐蕃王子请来,我要和他们商量一下。"可莹说。

青儿离开后,可莹才坐在圈椅里,将事情的前前后后在脑中捋了一遍。根据玲珑之前所说,那帮劫匪的来路非常诡异,行事风格耐人深究。如果说是安乐公主的手下,那一切都能解释得通了。

只有安乐公主,才有通天的本领,才能让这么多劫匪成功躲过守卫的眼睛,才能让他们悄无声息地劫走上百人,

可莹想得出神,忽然听到门口有响动。她抬眼望去,正看到李轻羽和吐蕃王子匆匆走进来。

"到底发生什么事了?"李轻羽一眼就看到哭得梨花带雨的玲珑。他忙将玲珑扶起来:"是不是今日安乐公主为难你,你心里还在难过?"

"不是,是这盒兰椒香。"玲珑将兰椒香捧起。

可莹微微叹气,将事情的来龙去脉说了一遍。李轻羽震惊万分:"安乐公

主竟然如此阴险？"

"为了修建自己的宅邸，她不惜掳劫长安的能工巧匠，真是闻所未闻。"可莹发怒，一掌拍在桌案上。

吐蕃王子轻笑一声："恐怕她不是为了自己的宅邸，而是为了敛财。"他一指兰椒香，"这兰椒香五两银子一盒，安乐公主只要买通采办司，让他们全部采购自己匠人所生产的香料，那就是很大一笔财富。你们说，长安城里不仅仅一家被劫，那么安乐公主聚集起来的能工巧匠有多少，这些人所生产的物品有多少，能给她带来多少银两？"

可莹粗粗一算，顿时胆战心惊。

李轻羽冷笑："安乐公主这是想要敛财谋逆吗？"

"皇兄，这话不可再说！"可莹立即变了脸色，"这话是大忌，万一隔墙有耳，那就会引祸上身啊！"

李轻羽深深地看了她一眼："我知道，但安乐公主此举确实泯灭人性！如果能找出证据，就能让皇上知道她的所作所为了。"

吐蕃王子皱眉想了想，忽然扬眉道："我倒是有个好主意。"他一指落在柜子上的黑鹰，"可莹的这只鹰颇通人性，可以让它跟着安乐公主，记住她常去的地方，说不定那些能工巧匠就藏在那里。"

可莹摇头："安乐公主既然敢把这盒香料光明正大地拿出来，就说明她已经做好了所有的应对。咱们派一只鹰跟踪她，抓不到她什么把柄的。"

李轻羽蹙眉，忽然展眉道："何必非要跟踪安乐公主呢？跟踪临淄王也是一样的！"

"啊？"可莹不解。

吐蕃王子一拍李轻羽的肩膀："要制住安乐公主，还非得是临淄王！"

"我不懂，但是只要能救出玲珑的父母，还有其他百姓就行了。"可莹牵起玲珑的手，心疼地看着她通红的眼睛。

可莹知道失去至亲的滋味，简直是度日如年。她实在无法想象，一朝公主竟然私下里掳劫人口，造成了千家万户的分裂与离别。

一

有诗曰,开到荼蘼花事了。

当荼蘼花开,便是春日彻底结束的时候。一丛一丛的春花败了下去,香径被雨水打湿了几回后,墙角的荼蘼轰轰烈烈地盛开起来。

转眼,便是初夏。

这些天来,可莹一直在等吐蕃王子的消息,可是鹰房那边静悄悄的,没有半点儿信息传来。

鹰隼到底能发现临淄王的把柄吗?是不是他们计划错了?

可莹想到这些,就有些头痛。

"公主,淑妃娘娘让你去御花园一游,说是一同陪吐蕃使者游园。"青儿匆匆忙忙从外面进来。

可莹听到淑妃二字,心头顿时一凛,随即觉得无限悲哀。想当初,她和淑妃亲如母女,现如今却渐行渐远。

"知道了,我这就过去。"可莹站起身,简单整理了下衣服,回头看到玲珑正可怜巴巴地望着自己。

她知道玲珑在想什么,抬手将玲珑的一缕碎发拂到耳后,安慰道:"你放心,我会想办法为你讨回公道。但是在这之前,你要是见到安乐公主,按捺不住情绪坏了事,那可就再没机会了。"

玲珑低声答:"是,公主说得是。"

可莹稳了稳心神,带着青儿去了御花园。还没到跟前,她已经听到一连串悦耳的铃声。

是谁?

可莹忙快步走过去,越过一丛竹林,皇帝、淑妃和使臣立即出现在十步开外。使臣手执一根黑桐木手杖,手杖顶端挂着一串银铃铛。刚才的铃声就是这铃铛发出的。

他们站在桥身上,而李轻羽和李隆基则站在桥头。

"皇兄,这是?"可莹忙迎上前。她四处张望了下,发现皇后和安乐公主

居然不在。

李轻羽见可莹来了，低声道："皇后和安乐公主双双病倒，所以只有淑妃相陪。"

"病了？"可莹觉得不可思议。前天她还碰见皇后和安乐公主，母女二人满面春风，穿戴得花团锦簇。

这就病了？

李隆基负手而立，睨了可莹一眼，凉声道："你运磨什么牙？还不快上前请安！"

可莹瞪了李隆基一眼，施施然上了桥，向皇帝和淑妃盈盈一拜："可莹见过父皇，见过淑母妃。"

"平身。"皇帝正和使臣相谈甚欢，没太在意可莹。他向李轻羽二人一招手："你们也过来，使臣有要事。"

两个人款步上桥。

可莹迅速和李轻羽交换了一下眼神，都有些闹不明白，这位从吐蕃来的使臣葫芦里卖的什么药？

"使臣大人在吐蕃有另外一个身份，他同时也担任祭司，负责祭祀、跳神和占卜。"皇帝说，"皇后和安乐都病了，朕想让使臣大人给占卜一下，这病情是吉还是凶。"

"皇上，本波教在吐蕃源远流长，信奉天地自然物，拥有一股洁净的能量。因此臣的占卜之术能上通天，下通地，定能占卜出皇后娘娘和安乐公主的病情。"使臣煞有其事地说。

淑妃催促道："那你就快点儿占卜吧。"

可莹听了使臣这一番话，却觉得可笑至极。

且不提皇后和安乐公主是不是装病，就说这名使臣吧，他的占卜要是真这样灵验，那他就应该能占卜出吐蕃王子善擦拉温没有死！

可是在前几天的宴会上，他口口声声说，王子善擦拉温已经回到了长生天的怀抱，这就说明了他所谓的占卜术，全是胡诌。

这样想着，可莹忍不住笑了起来。但她很快就感受到李隆基投来的严肃目光，忙绷住脸，将唇线弯了下去。

使臣举着那根黑桐木手杖，口中念念有词地来回走动，手杖上的铃铛继续发出清越的铃声。

走了大概三圈，他伸手取下两个铃铛。

"伟大的万物神灵，恳请您告知我，这皇宫里的凤凰何日能摆脱病症，何日能获得身心清洁……"使臣一边念念有词，一边晃着手里的两只铃铛。

可莹越来越觉得使臣滑稽，为了忍笑，干脆低下头。

使臣走了一圈又一圈，口中不停地重复着这几句咒词。他似乎在等待着什么，又似乎根本没什么底气。

可莹偷偷观察了一下皇帝和淑妃，他们也是一脸不耐，似乎对这位使臣产生了怀疑……

她正想着如何揭穿这位使臣招摇撞骗的手段，忽然觉得眼前一暗。

"天狗食日！"宫人们的尖叫传来。

可莹大吃一惊，仰头一望，发现原本晴朗的天空此时迅速昏暗，太阳被一团黑影所笼罩，正快速地被黑暗吞噬。

这是一种奇特的天文景象，像是有一只巨大的黑狗在吞食着太阳。很快，太阳就被咬去一大块！

"别看，会失明的！"李隆基上前一步，将可莹的眼睛捂住。使臣也忙对皇帝和淑妃说："皇上，娘娘，不可以直视太阳，否则会看不见的！"

皇帝头上汗涔涔的："这……这是怎么回事？怎么会有天狗食日？"

"皇上，还是先避避吧。"使臣声音颤抖。

因为天色迅速黑了下来，宫人们一时间找不到照明的灯笼，皇帝一行人只能就近去了一座亭子。

到了亭子里，没人敢说一个字。

李隆基这才把手放下来，对可莹小声说："下次别这样莽撞，没见过天狗食日就敢去看那太阳。要不是我提醒，你这回真成睁眼瞎了。"

可莹忙道谢。

李轻羽拉长了脸,走过来用肩膀撞开李隆基,将可莹拉到自己身后:"金城公主不过是感到新奇罢了,不劳烦临淄王费心。"

然后,他低头对可莹说:"你眼睛是不是真的被太阳灼伤了?看不见他装好人的那副姿态吗?"

李隆基笑了笑,识趣地走到亭子角落。

可莹听他语气里酸意浓浓,悄声说:"皇兄,你何必跟他一般见识,咱们还要……"她把后半句话咽了下去,但她相信经过这番提示,李轻羽一定会想起,他们打算拉拢李隆基的计划。

"我就是看不惯他。"李轻羽赌气地扭过头。

这举动十分孩子气,但让可莹心里涌上一股暖流。她知道他是真心关心自己,不喜欢任何可疑的人接近她。

"使臣,这天狗食日什么时候结束?"皇帝尽管强迫自己冷静,但声音还是有些颤抖。

听到皇帝发问,众人立即沉默下来。

使臣跪在地上,一板一眼地说:"皇上,天狗食日是不祥之兆!预示着皇后和安乐公主凤体难以康健,大唐根基不稳……"

"放肆!"李隆基呵斥,"大唐社稷稳固,岂容你污蔑!"

"听他说下去。"皇帝面色阴沉,挥手制止李隆基,看向使臣,"你继续。"

使臣继续说:"皇上,天象一向和天谕有关,任何异常天象都是上苍的降罪!恐怕皇后和安乐公主……"

皇帝急了:"那要如何化解?"

使臣不吭声。

淑妃催促说:"你快说啊!皇后是一国之母,安乐公主是皇上的掌上明珠,她们两个人不能出任何意外!"

"臣不是没有法子,但是事关重大,还望皇上慎重考虑。"使臣清了清嗓

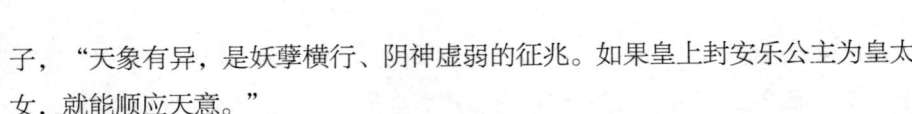

子,"天象有异,是妖孽横行、阴神虚弱的征兆。如果皇上封安乐公主为皇太女,就能顺应天意。"

此言一出,亭子里顿时一片死寂。

可莹的心怦怦地跳了起来。

皇太女是何等地位?就等于废掉现在的太子李重俊,等到皇帝退位之后,安乐公主就可登基为女皇。

先前已经有则天皇帝,现在还要再出一个安乐皇帝?

天色渐渐明亮起来,天狗食日已经完全过去,皇宫里又恢复了常态。可是人们的心,却没有明亮起来。

皇帝心里沉甸甸的,抬眼看淑妃也是一脸凝重。他冷声道:"废掉太子,改立皇太女不是小事。临淄王,你怎么看?"

李隆基闻言,立即答道:"皇上,此事不妥。太子已立多年,岂能说废就废?再说这天狗食日的异象,也和改立皇太女没有半点儿关系。"

"是啊,父皇,皇太女的设立关系到大唐社稷,还是三思而后行。"李轻羽也说。

皇帝脸色阴晴难辨,霍然起身:"此事再议,你们先告退吧!"说着,提步出了亭子。可莹忙和李轻羽他们一同告退,起身时,已经看到皇帝走出老远,一众宫人跟在身后,如同龙尾一般。

她心头像压着一块大石头,闷得喘不过气来。只听李隆基在旁边幽幽地说:"好一出天狗食日,玩得真是漂亮!"

可莹想了想,道:"临淄王,皇后和安乐公主的胃口越来越大,你我可不能坐视不管啊!"

她捅了捅李轻羽,李轻羽知道她是什么意思,不情愿地说:"是啊,临淄王,她们的贪欲可能会毁掉大唐基业,我们不能坐视不管,不如我们联手……"

"道不同不相为谋,我们联手的事免谈。"李隆基断然拒绝,"再说,大唐基业与我有什么关系?"

说话时，他眼中透出的阴鸷气息让可莹不寒而栗。

"呵呵，你也是李家子孙，为什么就和你没有关系？"李轻羽目光灼灼，上前一步，"难不成你还在纠结皇位？"

"皇兄！"可莹连忙打断李轻羽的话。

李隆基眯起眼睛，周身散发出危险的气息。他盯着李轻羽好一会儿，才慢慢地说："你不懂，你根本什么都不懂。"

语毕，他转身离去，不带半点儿留恋。

二

夜凉如水。

白日里的天狗食日震惊了整个长安城,各种流言不胫而走。其中议论最多的,就是之所以出现这种异常的天象,是因为皇后和安乐公主双双病倒,只有皇权加身才能够化解。

最怕这种流言的人,莫过于太子李重俊。他本就平庸无奇,为皇帝所不喜,并且被安乐公主压制多年。现在这种皇太女即将设立的传言愈演愈烈,针对的就是他。

李重俊恨得咬牙切齿,却也无可奈何。毕竟,他在宫里势力单薄,不能进行任何反击。

安乐公主将这一切看在眼里,全部都告诉了皇后。她靠在皇后的床头,黑色长发倾泻在肩头,笑着说:"母后,今天的计划进行得太顺利了,简直是犹如天助!"

皇后坐在被子里,凉声说:"安乐,你可不要得意得太早,毕竟你父皇还没来看我们。"

"他今天不来,明天肯定会来,怕什么?"

皇后摇了摇头:"你还是一副小孩儿心性,按捺不住!且不说你父皇还没有答应册封你为皇太女,就算答应了,你也不应该火急火燎地赶到我这宫里来。你要知道,你现在还在装病啊。"

一句话说得安乐公主脸色煞白。她低头讷讷地说:"母后,是我考虑不周。"

"要做成大事,就不能有任何疏漏!不然,你提前露了马脚,你父皇非但不会册封你为皇太女,还会迁怒于你,懂吗?"皇后面上十分严厉。

安乐公主连声称是,然后起身告退。

走出宫外的时候,她刻意披上了一件黑色斗篷。贴身宫女悄声问:"公主,是回寝宫还是去见佞臣?"

安乐公主回头张望,看到皇后已经在闭目养神,并没有听到她们的对话。

第六章 天象有异人心变

安乐公主咬了咬牙,道:"去见使臣!"

"可是去国宾馆那条路,有不少巡夜的侍卫。公主现在对外宣称正在养病,万一被人撞见……"宫女一脸为难。

安乐公主一边往外走,一边不耐烦地道:"母后顾虑太多,所以才叮嘱我两句。倒是你有什么资格对我指手画脚?今日计划很顺利,总要对使臣感谢一声,才能让他对我的计划更上心!"

宫女低下头,不敢再言语了。

夜色苍茫,掩盖了许多阴谋和秘密。抬眼望向两边,巍峨的宫殿如同蹲在黑暗中的巨兽。

安乐公主不记得自己走过多少次夜路,几乎每一次都是胆战心惊的。她恨透了这种感觉,可是为了自己的帝王大业,她拼了命也要继续走下去。

一路避开两队巡夜侍卫,安乐公主到了西华门。这里是和使臣约定的见面地点,算算时辰,他也该到了。

"公主,好像没人?"贴身宫女低声说。

安乐公主狠狠瞪她一眼:"再等等,他没理由不来的。"

正说着,黑暗中突然走出一个人影,向安乐公主恭敬一礼:"臣参见安乐公主。"

安乐公主定睛一看,那个人正是吐蕃使臣。她放下心来,声线淡淡地说:"你今日做得不错,本宫重重有赏。"

"公主,这也不是臣一个人的本事。是司天监预测天象准,加上公主的绝顶妙计,事情才这样顺利。"使臣回答。

安乐公主一笑,心里很是受用。

她老早就策划着要做皇太女,但如果直截了当地向父皇请求,十有八九会被拒绝。毕竟太子李重俊再平庸,那也是皇帝亲封。废除太子,岂是儿戏?

恰逢吐蕃使臣来访,安乐公主知道使臣在吐蕃也是位祭司,顿时计上心头——她可以"借天地之威",为自己造势。

什么叫作"借天地之威"?

秦朝末年，陈胜和吴广两个农民策划起义造反。但是在秦始皇的暴政下，造反是要诛九族的。如果他们揭竿起义，不一定有多少追随者，毕竟陈胜和吴广的身份只是普通农民。

就在这时，有一位占卜师给陈胜想了一个主意——借鬼神之势。

于是，陈胜在一条鱼肚子里塞上布条，布条上写着"陈胜王"三个字。有人将鱼买回家，发现鱼肚子里有一张预测陈胜将要成为大王的字条，以为是鬼神下达的谕令，于是偷偷告诉了其他人。

同时，陈胜还让人在村子附近扮狐狸叫，叫声里夹杂着"大楚兴，陈胜王"的内容。听到狐狸叫声的人更加惊恐，以为狐狸都受鬼神之托，来向人们传达谕令。

"陈胜王"的传闻一传十，十传百，人们都认为陈胜命数里就应该当大王。陈胜看到时机成熟了，集结军队征收兵马，果然一呼百应。

由此，安乐公主根据陈胜的事迹，想到了自身。她要成为皇太女，有皇家公主的身份还不够，还需要有一道天谕，昭告天下她必须皇命加身！

她暗中买通司天监，得知今日有可能发生"天狗食日"的异象，便决定提前布局。

可是，她不能让大唐的国师来预测她有皇命加身，否则很容易被怀疑她买通了国师。所以，这个任务就落在了吐蕃使臣身上。

安乐公主和皇后算准日子，提前两三天双双病倒。到了今日，吐蕃使臣故意勾起皇帝想要占卜的心思，然后假意占卜。等到"天狗食日"发生之后，他才告诉皇帝，这是不吉之兆，化解的办法就是立安乐公主为皇太女。

"你今日做得很好，这是赏钱。"安乐公主从袖子里掏出两张银票，"只要你事情做得漂亮，回头本宫会再找机会封赏你。"

吐蕃使臣却摇了摇头："请公主恕罪，臣不要赏钱。"

"为什么？"

使臣眯了眯眼睛，目光里闪过一丝狡黠和凶狠："臣之所以愿意帮助公主，一是公主本就福泽深厚，担得起大唐皇位；二是公主对吐蕃友好，为了大

第六章 天象有异人心变

唐和吐蕃的邦交,臣也应当对公主的要求在所不辞;三是……臣其实也有难处,想要求公主帮忙。"

安乐公主顿时有些不悦。

原本她给了赏钱之后,就打算和使臣彻底划清界限。没想到他居然蹬鼻子上脸,要自己出手帮忙了。

"说吧,你有什么难处?"安乐公主勉强扯出一个笑容。毕竟使臣今天帮了大忙,她不好回绝得太生硬。

使臣眼珠子骨碌一转,跪地道:"公主,临淄王日前在宴会上对我等出言不逊,还造谣说王子善擦拉温并没有死,公然诋毁赞普的声誉,置吐蕃颜面于何地啊!"

安乐公主拧了拧眉头:"你们没找到善擦拉温的尸体,临淄王这样怀疑也是正常的。再说本宫当时也帮你说了两句,再没人提这茬了。"

"不……这对赞普来说,是奇耻大辱。"使臣咬牙说,"善擦拉温已经死了,所以赞普才封王,这就是事情的真相,不能有任何人质疑。"

"那你要怎么办?"安乐公主似笑非笑,"他可是临淄王,先皇的第三子,我可动不得。"

使臣凑上去,低声道:"公主都说了,临淄王是先皇的第三子,那就应该知道,临淄王李隆基原本有很大希望继承皇位。您要当皇太女,除了除掉李重俊,是不是也要除掉李隆基呢?"

安乐公主面色一凛。

"可是李隆基戒备很深,身边高手如云,他自己也是武功盖世。我根本找不到他的破绽,动不了他……"

通往皇位的路上,的确还有个李隆基。相对于安乐公主,他更有资格得到皇位。更关键的是,他表面上是个逍遥王爷,喜好戏曲鼓乐,但其实他这个人深不可测……

"公主别急,心思再缜密的人也有破绽,我就不信临淄王没有一点儿软肋。"使臣压低声音,絮絮地将所有计划说了出来。

安乐公主听着,笑意越来越深。

"你说得对,临淄王的确还有一个弱点可以让我们利用。"安乐公主哼了一声,"等着,我让他这辈子都抬不起头来!"

使臣兴奋地跪地谢恩:"公主英明,扳倒临淄王,于你于我都有利!"

安乐公主得意一笑。黑色风帽下,一抹红唇向两边弯起,在这幽暗的黑夜里显得格外阴森。

三

过了两三日,天狗食日的传闻渐渐平息下去。在这段时间里,皇帝从始至终都没有去看望过皇后和安乐公主,只是每日派人过去问候。

见到这种情形,可莹才放下一颗心。皇帝没有亲自探望,这种态度就表明他根本就无意立安乐公主为皇太女,想要安乐公主死心。

在太医的精心调理下,皇后病愈了。然而,安乐公主那边却传来消息,说是病得越来越重了。

"安乐姐姐不是真病,而是心病。"可莹望着花圃中伸来的一朵月季,幽幽地说。

夏日炎热,她穿着宫装站在花圃前,熏风吹动了她发髻上的步摇。步摇的坠饰是一串串的小米珠,米珠相撞的时候,发出细碎的声音。

李轻羽负手而立,凉声说:"她如今是一定要得到皇位才肯罢休,对父皇使尽手段,这可怎么是好?"

"咱们静观其变就好,其他的不用多管。"可莹抚摸着月季,沉吟道。

李轻羽摇头:"只怕不能如愿,每个人都躲不过去。"

可莹正想说什么,忽然听到外面有人通传:"淑妃娘娘驾到——"

李轻羽面色一凛,向可莹使了个眼色,便飞身跃起,转眼就消失在墙头后面。可莹定了定神,抬眼看到淑妃摇着一柄青绿绢扇走进来,忙迎了上去:"淑母妃来了?"

淑妃虚扶一把:"别客气了,你我母女二人之间太客套,反而生分。我今日来,只问你一件事。"

"什么事?"可莹直觉不妙。

淑妃牵着她的手,走到花圃里的秋千上坐下:"安乐公主病了,你知道吧?按理说,你该去看看。"

"前天我还去看过,但是安乐姐姐病得挺重,没见到她的面。"可莹谨慎地回答。

淑妃拍拍她的手:"她现在闹脾气呢,非要皇上封她做皇太女。你说,安

乐样样聪明，哪里就比不过东宫呢？"

可莹怔愣，没有回答。

淑妃笑笑说："现在皇上举棋不定，不知道要不要去看望安乐公主。可莹，你去向皇上进言，劝他去看看安乐呗。你这次帮了安乐，安乐肯定会和你冰释前嫌，以后你在宫里的日子也会好过许多。"

可莹没想到淑妃就这样直接说了出来，感到十分意外。

淑妃看她没一口拒绝，还以为她动心了，继续说："可莹，你是聪明人，应该知道鸟择良木而栖，明珠弃暗投明的道理吧？现在，安乐就是良木，你该怎么做，心里都清楚的，对吧？"

可莹这才恍然回神，一把抽回手，恭恭敬敬地对淑妃道："淑母妃，请恕可莹不能答应。"

淑妃像没听到一样，兀自说："你要是办成了事情，以后封你为镇国公主，你应该知道这意味着什么吧？"

镇国公主，权势极大，位同监国。当皇帝无法处理政事的时候，镇国公主可以代为批阅奏章。

那一刻，可莹几乎动摇了。

镇国公主，权倾天下。一人之下，万人之上。

她闭上眼睛，声音颤抖道："淑母妃，父皇有父皇的决断，可莹不想参与其中。所以淑母妃的请求，可莹不能答应。"

淑妃动作一僵，抬眼盯着可莹，一字一句地道："别喊我淑母妃，我从此和你，没有任何关系！"

可莹震惊，茫然无措地看着淑妃。淑妃满脸都是厌恶，连多看她一眼都不肯，扭头就走出花圃。

"淑母妃……"可莹向淑妃追去，可是被一根树根绊住，猛然摔倒在地上。淑妃没有回头，甚至都没有放慢脚步，转眼就消失在宫苑门口。

"公主，你没事吧？"玲珑扑过来，将可莹扶起来，"发生什么事了？淑妃一脸怒容冲出去，还斥责了青儿姐姐。"

日光毒辣,可莹却觉得浑身冰冷。她垂眸,哀声说:"玲珑,我再也没有母妃了。"

在这个世上,她是一个从来都没有母亲的可怜虫。

青儿从外面走进来,听到可莹这句话,忙制止道:"公主,快别说这些话了,被人听到,皇后肯定要发难的!"

"是啊,我如今是公主,每一个后妃都算是我的母妃。"可莹苦笑,"可是,谁待我如同亲生女儿?"

青儿赶紧给玲珑使了个眼色,扶着可莹往宫室里走:"公主累了,还是快歇歇吧。"

两个人赶紧将凉簟铺在美人榻上,扶着可莹躺下。可莹只觉得如鲠在喉,声音也低沉下去:"你们两个出去吧,等我喊了再进来。"

青儿和玲珑对视一眼,无奈地退了出去。

可莹躺在榻上,默默地流着眼泪。她知道,淑妃再也不会疼爱自己半分,刚刚获得的一点儿温情又失去了。

哭着哭着,她沉沉睡去。

四

梦里纷乱,似乎有千万只手在拉扯着她的身体,将她推到悬崖边上去。可莹一边抵抗,一边大喊:"不!我不是故意的!我一定不会让淑母妃失望……"

她不能连最后这点儿温情都失去!

"啊!"可莹猛然从梦中惊醒,大口大口地喘气。然而眼前的景象却是那样陌生,空旷的房间里没什么什物,只有一张桌子和一张大床。而她,居然躺在地上!

"这是哪里?"可莹紧张起来。她知道房门肯定被人锁死了,便向窗户扑去。可是窗户也被人从外面锁得死死的。

就在这时,头顶落下一个清冷的声音:"别挣扎了,金城公主,你是逃不出去的。"

可莹回身,抬头看到房梁上坐着一个人,正摆弄着手里的一管绿玉笛子。那张脸她再熟悉不过——李隆基。

"临淄王,我一直以为你是光明磊落的人,没想到你居然也会做出绑架这种龌龊事。"可莹强迫自己冷静下来,不卑不亢地说。

李隆基从房梁上跳下来,正落在桌子上。他居高临下地看着她:"我只是想问问你,你答应淑妃了没有?"

"答应什么?"可莹装糊涂。

李隆基的表情顿时变得肃杀:"如果我没有猜错,皇后和淑妃她们打算出苦情牌,要你去做说客,让皇帝同意立安乐公主为皇太女,对吗?"

可莹故作惊讶:"你都知道了?"

"我听到你说,不会让淑妃失望。那听你的意思,你真的打算和安乐公主狼狈为奸了?"李隆基眸光锐利,"我真是看错你了!"

可莹胸中燃烧着一团怒火,脱口而出:"对!我是答应了淑母妃!她待我很好,我为什么不答应她?"

她打量了下四周:"看来,你把我劫出宫了?临淄王,你真是好大的胆

子！这会儿，青儿她们应该已经发现我失踪了……"

"你想得太简单了，我在劫走你的时候，在房中留下了一封书信，信上写你打算出宫几日，让青儿她们帮忙掩饰一下。"李隆基悠悠然说，"看来，她们是不会找你的。"

"你！"可莹没想到李隆基这样奸诈。她又想了想，试探地问："那你现在打算把我怎么样？杀了我？"

李隆基顿时语塞，半晌才说："我要拿你当人质，如果皇帝真的打算立安乐公主为皇太女，我就杀了你！"

"我人微言轻，能有什么震慑力？与其拿我当人质，你还不如去绑架其他公主，李轻羽都比我分量大。"可莹不慌不忙地说，"还有，你这样轻而易举地将我绑架出宫，有没有想过为什么？"

李隆基不说话，只是静静地看着她。

"是因为其他皇子公主的守卫都比我宫里森严许多，你没处下手罢了。"可莹耸了耸肩膀，"我就是一颗废棋，能帮你什么呢？"

"别骗我了，据我所知，皇上非常看重你。"李隆基阴恻恻地说。

"此一时彼一时。父皇当年立太子的时候，想必也是看重太子的吧……"可莹幽怨地说。

李隆基半信半疑地望着可莹。可莹知道他心里肯定动摇了，忙趁热打铁："你还不如让我回宫，我保证不把你绑架我的事说出去。"

"想也别想，你给我在这里好好待着！"李隆基跳下桌子，提步就往门口走去。

可莹无奈，快步走上前："临淄王……"

第四个字还未出口，可莹就感觉到喉头一凉。原来，李隆基竟用那支笛子抵上她的喉咙，其中的威胁意味不言而喻。

"我劝你，还是别试探我的底线，回去！"李隆基话中每一个字都咬得很重，震慑力十足。

可莹胆怯了，慢慢地退回到角落里去。她知道，虽然李隆基和李轻羽都是

待人接物有些冷傲的人，但他们本质上完全不同。

李轻羽是一块冰，寒气逼人，却会融化在温情里。可是李隆基是锋利的刃口，寒芒刺骨，杀人于瞬间。

就在这时，门外忽然闯进一名士兵，对李隆基道："王爷，不好了！仪坤庙……"他看了看可莹，没有继续往下说。

李隆基突然暴怒，一把揪住那名士兵："说！仪坤庙怎么了？"

"仪坤庙的东屋突然坍塌，盖住了地宫的入口。估计要两天两夜才能重新进入地宫……"

"不行！地宫里的油灯不能灭！限你们两个时辰，必须进去！你们不进去，我去！"李隆基的眼睛都红了。

士兵哆哆嗦嗦地劝说："王爷，万万不可！地宫的入口有许多机关，触发机制恐怕已受影响，一旦进入会引发机关，那就不一定出得来。"

"给我让开！"李隆基狠狠推开士兵，风一般地往外冲去。士兵拦不住他，只得转身去锁门。

可莹忙问："这位大哥，为什么油灯不能灭？地宫里的油灯对于临淄王来说，很重要吗？"

士兵无奈地回头望了一眼李隆基的背影，转身叹气："你知道仪坤庙是为了窦皇太后而建的吧？"

"知道。"可莹说，"京师里无人不知，无人不晓。"

当年的巫蛊事件闹得满城风雨，则天皇帝认为李隆基的母亲窦皇太后诅咒自己，盛怒之下，不仅赐死了窦皇太后，还命人扔掉了遗体。

后来，先皇命人多次去寻找窦皇太后的遗骨，都无功而返。无奈之下，他在京师建了一座仪坤庙，当作窦皇太后的埋葬之地。

窦皇太后是红颜薄命的一代佳人，但是在这件事里，让人最痛苦的是至今无人知道她的尸骨所在。

死无葬身之地，这几乎是这个朝代里最不堪的结局了。

对于李隆基来说，子欲养而亲不待，也是人生最大的遗憾。

为了弥补内心的遗憾,李隆基派人看守仪坤庙,还定时修葺。这座庙宇里有窦皇太后的金身和牌位,也有李隆基对母亲深深的思念。

"你有所不知,仪坤庙下面有座地宫,常年燃着一盏大油灯。"

可莹不解:"油灯怎么会放在地宫呢?"

"这油灯来历可不简单,是得道的高僧为窦皇太后祈福设下的,目的是为她绵延福泽,魂灵安息。只是这油灯每隔三天就要续一次新油,灯火才能不灭。王爷怕有人破坏,就命人修建地宫,专门用来安放那盏油灯。"

可莹恍然大悟:"事关母亲,难怪临淄王这样着急。"

仪坤庙突然塌陷,埋住了地宫入口。在李隆基眼中,如果那盏油灯熄灭,等于是在母亲悲惨的人生中再添一道伤疤。

生前已经够凄惨,死后哀荣还不能得到延续……可莹突然很理解李隆基的心情。

人死如灯灭。李隆基不是不明白这个道理,但是当那盏油灯一直燃烧,他会觉得母亲的生命也在延续。

"我看王爷也不是真心想要关住你,你等他气消了,就能出来了。"士兵作势就要将门锁上。

可莹忙哀求说:"这位大哥,我是金城公主,你放了我,我绝对不会对王爷不利。"

士兵一震:"你?你是金城公主?"

"你应该知道挟持公主是怎样的罪名吧?为了你家王爷,你也应该把我放了。只要将我放出去,我什么都不会说!"可莹温声劝说,"因为,我虽然年纪小,但我也仰慕窦皇太后,不会做任何不利于临淄王的事。"

士兵犹豫了一下,但很快恢复了冰冷的神色:"不行!我不能违抗王爷的命令!"说完,他没再搭理可莹,转身将房门锁上。

房间里顿时陷入了昏暗。

可莹靠墙而坐,绝望地叹气。她刚刚燃起的希望,又被掐灭了。同时,她也痛恨起李隆基来。安乐公主能不能成为皇太女,跟她一点儿关系也没有!他

怎么就不明白呢?

就在她策划着如何逃走时,窗外忽然传来翅膀扇动的动静。可莹忙去推窗,发现窗户只能打开一条小缝,透过这条缝隙,她看到窗外的树枝上停着一只黑色鹰隼。

这只鹰隼,就是她养的小刀!

"小刀!"可莹心头一喜,小声呼唤着小刀。小刀歪着头看向她,褐色的圆眼睛映出可莹的影子。

可莹伸出一根手指,做出长条形的手势,向小刀示意:"帮我找一个硬的,铁长条,懂吗?"

这是她和小刀经常做的游戏。

可莹会在御花园里撒上许多圆形和长条的物件,比如桂花饼和铁钉,然后对小刀做手势。如果两只手拼在一起呈一个圆形,小刀就会帮她把桂花饼抓出来。如果两根手指头竖起,表示她需要长条形的物品,小刀就会帮她把铁钉叼回来。

不过,小刀还会叼回其他长条形的物品,有时候是几根树枝,有时候是一条蚯蚓,把可莹和青儿逗得哈哈大笑。

现在,小刀能领会她的意思吗?

小刀歪了歪头,忽然展开翅膀,扑棱棱地飞走了。可莹想要看清楚它去了哪里,可惜窗扇不能打开更多,只好无奈地放弃。

可莹无力地蹲在墙角,回想着前前后后,总觉得不对劲。按理说,李隆基经常修葺庙宇,仪坤庙应该会固若金汤,怎么会坍塌呢?这也太不符合常理了!

她正蹲在地上发呆,忽然听到窗户被笃笃地敲响,顿时一跃而起。

她小心地将窗扇打开一条缝隙,小刀立即将头伸了进来,鹰嘴里居然叼着一根铁丝。可莹欣喜不已,忙将铁丝接到手里,抚摸了一下小刀的脑袋。

可莹使劲推窗扇,将手从缝隙中伸了出去,摸到外面挂着的一把铁锁。她将铁丝伸进锁孔里,左右试探着摇晃。

第六章 天象有异人心变

这也是吐蕃王子教她的。

闲来无事的时候,他会偷偷来宫里找她,给她讲好多好多有趣的事情。他说他小时候调皮捣蛋,经常被罚禁闭,为了偷偷逃出去,他就用小铁丝撬锁,王父和王母都拿他没办法。

可莹也是一时兴起,让吐蕃王子教自己学撬锁。

当时,可莹只学了不到一个时辰,实在不知道现下能不能打开面前的这把锁。她一边回忆着吐蕃王子教的方法,一边细心地用铁丝在锁孔里探索着。

忽然,铁丝触发了锁内的机关,锁钩"啪嗒"一声开了。

可莹小心翼翼地将铁锁从链条上拿下来,推开窗扇,探出脑袋往四周看去。这是一座二层小楼,楼下没有人把守,只有门口有一个看守,就是方才和她说话的士兵。

士兵望着前方,并没有注意后方的可莹已经把窗户打开,帛带一头拴在窗框上,一头系在自己腰上,慢慢地往下溜去。她小心翼翼地攥着帛带,一点儿一点儿往下蹭。

可能是因为仪坤庙出事,李隆基调走了大部分看守,所以可莹很顺利地溜出了这处小院,来到府邸的围墙墙根下。她吃力地搬起几块石头,攀上墙边的一棵大树树枝,然后小心翼翼地站到墙头上,狠了狠心,跳下围墙。

"哎呀!"可莹跌倒在草地上。

眼前是一条巷子,只要走出巷子,找到香兰居,就能通知李轻羽来接自己回宫。可是,可莹走到巷子口,却犹豫了。

七月流火,烈日炎炎,她后背上却起了密密匝匝的冷汗。

她不停地回想起李隆基的眼神,绝望的,悲伤的,震惊的……他为了自己的母亲,不惜任何代价。

可是自己呢?

如果有一个机会,能让她为自己的生母尽孝,她会奋不顾身地去做。可是她没有,她脑海里已经没有太多关于娘亲的印象,她都快要想不起来娘亲的声音有多轻柔,怀抱有多温暖。

小刀落在可莹的肩膀上，静静地看着她。

"小刀，如果是你，你也会这样做的，对吗？"可莹扭头看着小刀，笑得有些凄凉，"如果你遇到一个人，他和你有同样的命运。你会拼了命，也不想让他陷入和你一样凄凉的心境。你也会这样做的，对吧？"

小刀展开双翅，箭一般地往空中飞去。

可莹下定决心，向仪坤庙的方向跑去。

一

"王爷，不能进去！"几名士兵抱着李隆基，阻止他往地宫里冲。

李隆基狠狠地将士兵推开："已经过了一个时辰了，地宫还没打开！再不进去油灯就灭了！"

"可是油灯再重要，也比不过王爷的命重要啊！"士兵跪在地上，苦苦哀求，"王爷，至少确定里面的机关安全，才能进去。"

李隆基眯了眯眼睛："机关是我设计的，没人比我更清楚！我会避开剑阵、石雨和针网！"

"可是那也很危险啊！"

李隆基还想说什么，忽然听到一道清脆的喊声："不能进去！"

他扭转视线，意外地看到可莹匆忙跑过来，头顶上还盘旋着一只鹰。李隆基挑了挑眉头："我真是低估你了，居然能跑出来。"

可莹克制住怒气，强迫自己平静地说："临淄王，如果窦皇太后还活着，她一定不想让你进入这么危险的地宫里！"深吸一口气，她继续说，"只是一盏油灯，清理障碍物之后破除机关，不是更好吗？"

李隆基冷笑着逼近可莹，咬牙说："只是一盏油灯……许多年前，只是一个婢女随口胡说，则天皇帝怎么就不问青红皂白，处死了我的母后呢？"

"这……"可莹语塞。

她还在怔愣，李隆基已经扭头冲进了地宫入口，黑黢黢的洞口立即将他的身影埋没。可莹急了，想上前几步拉住李隆基，胳膊却被人一把拉住。

可莹回头，看到李轻羽居然站在她身后，表情森冷。他使劲将她拉到身侧："你不要命了？"

"不要命的是临淄王！"可莹急得直跺脚。

"嗖嗖嗖！叮叮叮！咚！"奇怪的声音在地宫洞口响起。士兵们惊叫："机关触发了！"

一想到李隆基可能已经死在自己布下的机关里，可莹就两眼发直，不知道心里是什么滋味。

第七章 菩提树下慈悲泪

"你在这里等我,我进去看看。"李轻羽一推可莹,拿起火把就往洞口跑去。可莹提步就跟了上去,猫着腰进了洞口。

李轻羽转身看到她在身后,又急又气:"你跟来做什么?"

"你死我死,你活我活!"可莹撇了撇嘴,"那些士兵不敢进来,是因为他们没有甘愿为之赴死的人。我有!"

李轻羽深深看了她一眼,没有说什么,转身小心翼翼地走下台阶。可莹屏住呼吸,就着昏暗跳动的火光往里面望去。

转过一个弯,李轻羽顿时倒吸一口冷气。

可莹探头看去,赫然看到一块布满铁钉的铁板被一根巨大的弹簧牵拉着,而李隆基在铁板后,正用自己的剑柄死死抵住铁板。他显然已经用尽全力,一张脸涨得通红,咬紧牙关,一声也不吭。

如果不是他反应迅速,恐怕这块铁板在弹簧的牵引下砸过来,全身都会布满血窟窿。

"王爷!"李轻羽将火把交给可莹,快步走过去,拔出腰间佩剑,和李隆基共同抵住那块铁板。他扭头说:"可莹,你快出去喊人!"

可莹答应一声,转身上了台阶,边跑边喊:"临淄王被铁钉板困住了,快来人啊!"

洞外的士兵闻言,忙涌入洞穴:"王爷有危险,快救王爷!"

然而跑在最前方的一名士兵,突然被洞口绊了一下。也就是这么一下,洞口上方忽然砸下一块巨石!

"啊!"可莹惊叫着后退。

灰尘卷起,劈头盖脸地扑过来。可莹赶紧转身避让,才不至于火把也被烟尘扑灭。她稳住身形,定睛一看,发现洞口已经被那块巨石堵得严严实实。

方才那名士兵这一绊,居然触发了巨石机关。

"咕咕!咕咕!"黑暗里突然响起了小刀的声音。

可莹将火把前倾,小刀就扑棱棱地飞过来停落在她的肩膀上。

"你也跟进来了啊……"可莹有些悲伤地说,"你不该跟过来,我们可能

永远都出不去了。"

她挂念李轻羽,转身走下台阶。走回铁钉板那边时,李轻羽已经通过声音猜到了所有事实:"门关了?"

"是,我们出不去了。"可莹有些想哭。

李轻羽深吸一口气,扭头看李隆基:"你现在先攒力气,我们两个要从铁钉板后面出来了!"

"跳出来的时候,注意不要碰到可莹身后那堵墙。那上面有很多机关,触发了必死无疑。"李隆基叮嘱。

可莹很自觉地后退到转弯处,无助地坐在台阶上。她在心里默默地祈祷,李轻羽一定要顺利渡过眼下这一关。

那边,李轻羽和李隆基已经开始积蓄力量。他们两个人合力,用剑柄去推面前那块铁钉板。

弹簧发出"吱嘎"声,可怖的铁钉板被他们一点点地推向后方。

大概推出去一米之后,李轻羽和李隆基对视一眼,然后同时跃起,翻滚到一旁。眨眼之间,铁钉板"轰"的一声扑到墙上,数百根铁钉瞬间嵌入石墙。

"皇兄!"可莹看到两个人毫发无伤,又看到嵌入墙壁的铁钉板,顿时后怕不已。

李轻羽从地上爬起来,掸了掸身上的尘土:"没事,我和临淄王武功不相伯仲,这块铁钉板奈何不了我们。"

李隆基半跪在地上,喘了几口气才说:"仪坤庙发生坍塌后,机关更容易触发了。"

"临淄王,这里有其他出口吗?"可莹问。

李隆基往洞内一指:"这个地宫很大,往里面走过三个洞口,有一条分岔口往左,就是一处天井,可以从那里爬上去。"

听到有秘道通往外面,可莹松了一口气。

"不过在这之前,我要先给油灯续上新油。"李隆基垂下眼睫,目光有些悲伤,"我这样执拗古板,你们是不是觉得我做的一切都没有意义?"

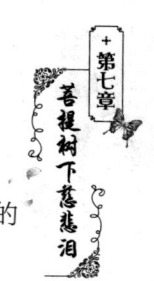

可莹一笑:"临淄王,我想问你一个问题,我和皇兄对你来说,有特殊的意义吗?"

李隆基摇头:"没意义,你们是生是死,我都不关心。"

李轻羽瞪眼,哼了一声:"我刚才还救过你的命。"

"皇兄,不用纠结这个,临淄王只是说了实话。'可莹说,"既然我们对你没有意义,那你问我们的意见,又有什么意义呢?只有你为在乎的人做事,这件事才有意义。"

她指向地宫深处:"就比如,所有人都认为那盏油灯没有意义。可是油灯和窦皇太后有关,那就有意义,不是吗?"

李隆基目光闪烁,扭头往深处走去:"别煽情了,以为你这样我就会对你们感恩戴德吗?"

拉拢人心的计划失败,可莹无奈地和李轻羽对视了一眼。

二

油灯供奉在一处石室里。

李隆基小心翼翼地避开机关,然后开启石门。当浊黄色的灯火从门后倾泻而出的时候,他才松了一口气。

油灯没灭。

可莹和李轻羽走进石室,立即看到石室中央置放着一座黄金灯台。灯台大约有小树树干那么粗,灯盏足足有一人抱,上面刻着看不懂的经文。

"有件事我从来都没和别人说过,"李隆基一边从墙边拿起油桶往灯盏里倒入新油,一边说,"母后去世后,我一连几年都会做噩梦。梦里,母后一直在哭。"

李轻羽犹豫了一下:"所以,你是用这种方式祭奠吗?"

"只要灯火不灭,我的心就会宁静下来。"李隆基看着浮动在油面上的火苗,"想不通事情的时候,我就会来这里,一坐就是一整天。什么也不想,什么也不做,就这样看着这盏灯,仿佛我母后从来没有离开过。"

可莹眼睛有些湿润,忙抬手抹去泪花。

李隆基恰好看到这一幕,睨了她一眼:"别多愁善感的,我不需要你的同情,因为我从来都不觉得我可怜。"

"是是是,你是英明神武的临淄王。"可莹白了他一眼。

李隆基面色不好看,却也没反驳,提步往外走:"走吧,这里不宜久待,先出去修好机关再说。"

可莹答应一声,正要跟上,李轻羽却连吸冷气:"小心!"

与此同时,李隆基也顿住脚步。

石室门口,一大群火红色的蛇静静地盘在地上,几十只绿豆般的眼睛冷冷地看着三个人。

"你……你还布下了蛇阵啊?"可莹声音都发抖了。

李隆基咬牙:"不是,我没有在地宫里藏蛇……"他斜眼看着二人,"蛇眼和人眼不同,你们只要不动,蛇就看不到你们。"

"不对,你们看最后面那条蛇。"李轻羽忽然紧张地说。

可莹极目望去,顿时胆战心惊。最后的那条蛇身上,居然鼓鼓囊囊的,而且蛇口中垂坠着一条很奇怪的长线。

"这是什么蛇,怎么是红色的?"李轻羽问。

李隆基蹙眉,回答:"很可能是火蛇。"

火蛇,传说中口能吐火的一种怪蛇。火蛇之所以能吐火,是因为蛇体内含有大量的磷,在遭到攻击的时候,蛇会和敌人同归于尽,口中吐火,自己也被火焚烧而死。

前些年,火蛇被人看作怪物,在野外碰到的时候都会打死,所以这种蛇差不多已经绝迹。没想到,他们在地宫里又见到了这种蛇。

"临淄王,我们进了陷阱了。"李轻羽浑身肃然,"从仪坤庙莫名其妙地坍塌,到机关被修改,现在我们被火蛇堵死……种种迹象表明,有人在背后搞鬼。"

李隆基慢慢将佩剑从腰中拔出来:"我知道。你们被我连累,我心里有愧。本来我一个人完全可以斩杀掉这些蛇,让你们能全身而退,但现在恐怕不行了。"

"为什么?"可莹问。

李隆基看向最后方的那条蛇:"你看那条蛇,恐怕蛇肚子里是炸药。"

"什么!"可莹顿时害怕起来。如果那条火蛇腹中是炸药,那么蛇口中伸出的那条线……

就是导火线!

"太卑鄙了,将炸药藏在火蛇内,火蛇喷火之时,就会引爆炸药,我们一个都逃不掉。"李隆基的声音里充满了悲壮,"最好的办法就是,我把火蛇引入石室,你们赶紧逃出去,之后我关闭石门,让炸药在这里炸掉。"

"不行!"可莹只觉得心被人揪住,一阵一阵地抽痛,"要逃,我们就一起逃出去!"

虽然临淄王对自己从来都没有好脸色,可他并没有做任何对自己不利的事情。在天狗食日那天,他甚至连皇帝都没顾上,第一时间捂住她的眼睛,生怕她失明……

"没时间了!必须这样做!"李隆基看向李轻羽,"金城公主胡闹,你也跟着不懂事吗?听我的,我接下来会砍死一条蛇,然后立即往后退。你们就趁这个机会,赶紧冲出这里!知道天井的位置吧?那里可以通往外面。"

李轻羽攥紧可莹的手,沉声说:"临淄王,我……谢谢。"

他的手攥得很紧,都出了一层薄汗。可莹只觉得心里一阵悲哀,微微侧脸对停在肩膀上的小刀说:"小刀,准备好,我们……要从这里出去了。"

话音刚落,小刀忽然展开双翅,箭一般地冲向蛇群!

它伸出利爪,将那条藏有炸药的火蛇一把抓起,瞬间就飞出了石室!

这一变故让三个人措手不及,李隆基最先反应过来,挥剑斩断了几条火蛇。李轻羽也抽出利剑,几个漂亮的剑花之后,地上躺满了火蛇的尸体。

"走!"李隆基大喝。

李轻羽拉着可莹,匆忙跑出石室。李隆基带着他们在地宫里七拐八绕,终于跟上了小刀。他不停地去触摸开关,将一扇扇石门打开,让抓着火蛇的小刀得以通过。

小刀抓着那条火蛇,在半空中与它搏斗着。火蛇不甘心地弯起身体,想要咬住小刀,几次被小刀的翅膀给拍了下来。

"小刀,前面就是天井,赶紧飞上去甩掉火蛇!"可莹大喊。她看到前方十米处,一束光线从上面投下,那就是李隆基所说的出口了。

然而,更可怕的一幕发生了。

火蛇痛苦地昂起头,张开巨口,吐出了一团火焰!

烈火顿时包围了小刀,而那条导火线也开始燃烧。李隆基眼疾手快,扑过去一剑挥下,将火蛇斩成两半!

可是来不及了,从半空中掉落的只是蛇尾,藏有炸药的那一部分仍然在小刀爪中。

小刀忽然发出一声凄厉的叫声,艰难地展开双翅,飞上了天井。可莹踉踉

踉踉跄跄地跑过去，只看到一团火球冲上天际，瞬间炸开。

大地颤动。

小刀死了。

它为了救李隆基，为了救可莹，忍住被烈火焚身的剧痛，带着火蛇和炸药冲上半空，甘愿粉身碎骨。

可莹的眼泪瞬间涌了出来，她疯狂地攀上梯子："小刀！小刀！"

"可莹，危险！我带你上去！"李轻羽抱住可莹的腰，带着她迅速爬出了天井。李隆基紧跟其后，也跟着爬了出来。

爬出天井，可莹才发现这里是仪坤庙的后院，院墙高耸入云。士兵从四面八方涌过来："王爷，王爷！"

"王爷，方才听到炸药响声，我等才赶来这边，救驾来迟，请王爷恕罪！"

李隆基吼道："贪生怕死，回头跟你们算账！这附近有一只鹰，马上去给我找！"

士兵们不敢问缘由，纷纷答应，四散着离开。可莹泪流满面，仰望晴空，只觉得劫后余生的感觉居然是那样沉重。

一片黑羽从半空中轻轻飘下。

李轻羽伸手将黑羽接住，递给可莹："你放心，小刀那样聪明，它会安然无恙的。"

可莹接过黑羽，发现羽毛边缘有被烈火焚烧的痕迹，更加难过："我没想到……小刀会为了我们献出自己的生命。"

李隆基面上似有愧色，想说什么，却什么也没有说。

大约过了一盏茶工夫，有士兵捧着一团黑乎乎的东西跑过来："王爷，找到一具烧焦的鹰尸，是这个吗？"

可莹睁大眼睛看着那具鹰尸，忽然急火攻心，晕了过去。

三

这一睡去,可莹做了许多梦。

她梦到自己熬鹰的时候,吐蕃王子总是叮嘱她,刚开始几天不能给那些鹰隼吃喝,不然就磨不光它们的野性。可是她看鹰隼们渐渐支撑不住的样子,总是忍不住给水给粮。

吐蕃王子有一次终于忍不住了,气急败坏地问:"金城公主,你这样反反复复的,什么时候能让这些鹰听话啊?"

可莹回答,不听话就算了,万一真的饿死、渴死、困死了它们,那我的罪过可就大了。

她不愿意目睹任何死亡,哪怕那只是一只鹰。

最开始注意到小刀,是因为它的倔强。

她给那些鹰隼食物和清水的时候,发现只有一只鹰不怎么上钩。它总是骄傲地扭过头,看也不看她一眼,还不肯吃食喝水。可莹很奇怪,低声对它说:"快吃啊,你不饿吗?"

那只鹰不但不吃,反而扑棱着翅膀,嗷嗷地向她叫。可莹有些生气了,跺了跺脚说:"你再这样,我就给你起个特别难听的名字——"

她歪头想了想,笑起来:"就叫你小刀吧。"

从那一天起,小刀就成了这只鹰的名字。

最终,可莹还是没能熬出几只鹰,却意外地发现,小刀反而越来越听她的话了。它围着她飞,围着她转,听从她的命令去捡回各种东西。

吐蕃王子都觉得很奇怪,问她:"你都没怎么好好熬鹰,怎么能熬出小刀这只鹰呢?我都熬不过它!"

可莹抚摸着小刀的脑袋,笑着说:"可能我和它特别有缘吧。"

彼时,她没有想到,她和小刀的缘分竟然是这样浅。

"公主,公主你醒醒啊……"青儿和玲珑的声音从耳边传来。

可莹睁开眼睛,绣着福字的帐顶渐渐清晰。她转过头,看到玲珑惊喜地跳起来:"公主,你醒了!"

"公主,你再不醒,我就要喊太医了。"青儿红着眼睛,扶着她坐起来,"是临安王将你送回来的,他说不能惊动其他人,也不能喊太医……"

"他做得对,不能喊太医。"可莹怔怔地说。自己是被李隆基劫出宫的,如果惊动了宫中其他人,李隆基必然要承担责任。

玲珑红着脸,问:"公主,临安王就在外面,你要不要先喝点儿水,再出去见他?"

"不用,赶紧扶我起来。"可莹掀开被子,就要下床。青儿和玲珑赶紧为她穿衣梳洗。

不多时,可莹整理好仪容,才走出寝宫。李轻羽负手而立,站在窗边,身旁的小几上,放着一只雕刻精美的木盒。

可莹只是一怔,立即明白那只木盒里装的是什么,顿时面白如纸。

"可莹,你醒了。"李轻羽转身看她出来,忙上前关切地说,"身体感觉怎么样?临淄王那边已经找人开方子了,傍晚就应该有人送药材补品过来。"

"我没事。"可莹盯着那只木盒,"跟小刀比起来,我受的这些苦算得了什么呢?"

李轻羽动作一滞,将木盒拿起来递过去:"这是小刀的……临淄王找人打了一只木盒,他说这是对英雄的礼遇。"

可莹低下头,摩挲着那只木盒,许久没有说话。蓦然,一滴眼泪落在盒盖上,散开一朵晶莹剔透的水花。

"皇兄,我今日想出宫。"可莹哽咽着说,"总要给小刀选一个自由的天地,皇宫不合适。"

"我陪你。"李轻羽轻声说,眸深如墨。

五

距离长安几十里的地方,有一处青草坡。

坡上野花散香,绵延数里,此时是夏季,草长莺飞,蚊虫"嗡嗡"地在花间飞舞。

可莹和李轻羽骑马来到坡上,原本策马奔驰,却在看到一棵菩提树后勒马停步。

那棵菩提树有上百年的树龄,巨大的树冠展开,直径足足有十几米。可莹捧着装有小刀尸体的盒子,慢慢地走到树下,看阳光从树叶的缝隙中漏下,在地上投下斑驳的光影。

"就这里吧,小刀应该很喜欢。"可莹踩了踩脚下松软的泥土。

"好,就把小刀葬在这里。"

李轻羽抽出利剑,开始在地上掘起泥土来。

刚挖了两下,一阵急促的马蹄声就从远处传来。可莹眯起眼睛,极目望去,居然看到李隆基骑着一匹枣红马从远处驰来。

到了跟前,他一拉缰绳,"吁"了一声便跳下马背。

可莹没有说话,李轻羽头也不抬,只是低头挖坑。

李隆基从腰中抽出佩剑,低声说:"我也来送送小刀。"

"不用,小刀本就是鹰,不幸被人所圈养,心里应该恨透了人。你来送它,它的在天之灵可能不会高兴。"

李轻羽停住动作,有些敌意地看着李隆基。

李隆基看了看沉默的可莹,微微叹气:"我知道现在向你们道歉,已经没有用了。但是小刀救了我的命,保全了地宫和油灯,我必须要来感谢它。"

说着,李隆基走到可莹面前,轻轻拿过那只木盒:"小刀,为了报答你的救命之恩,我会继续守护你想守护的人。"

这意思是?

可莹茫然地看向李隆基。

"从此以后,我不会再胁迫你们。"李隆基目光诚恳,郑重其事地对可莹

和李轻羽说,"我答应你,和你们联手,不会让小刀白死。"

李轻羽盯着他看,好一会儿才收回目光:"希望你说到做到。"

"金城公主,你有什么打算?"李隆基询问地看向可莹。

可莹抬起头,清风拂来,头上树叶沙沙作响。

"我,要给小刀报仇!"

六

敞阔的大殿之上,香风阵阵袭来,吹起纱帘漫卷,犹如轻云飘动。

安乐公主斜躺在美人榻上,闭上眼睛,慢悠悠地说:"算临淄王命硬,这都让他躲过一劫。"

"公主,临淄王狡猾奸诈,火蛇都没能炸死他。但这更是说明了,他已经对咱们有防备了。"

使臣跪在地上,愤愤地说。

安乐公主慢悠悠地说:"防备又怎样?他没有证据,就扳不倒我们任何一个人。"

"那未必,还是应该筹谋一番……"使臣说。

安乐公主忽然睁开眼睛,将身下的枕头狠狠一砸,正中使臣额角。使臣痛呼一声,忙伏在地上:"公主,公主息怒!"

"别以为我不知道你的打算,善擦拉温还活着,你们捉不到又杀不死,就只好灭口!问题是,别把本宫卷进去!"安乐公主满面怒容,"我本意是炸了地宫,让临淄王一辈子疚心就可以了。你呢?不打招呼就用了什么火蛇。谋害皇族可是死罪,死罪!"

"公主恕罪,是臣鲁莽!"使臣抬起头,露出了一双阴冷的眼睛,"可是公主,事已至此,你又能如何呢?"

"你……"

安乐公主惊愕。

使臣站起来,抖了抖袍袖:"我是吐蕃使臣,只要死了,大唐和吐蕃的关系就会恶化!还请公主对我客气点儿。"

安乐公主恼火:"你敢这样对我说话?"

"敬你是大唐公主,才对你恭敬说话。若是不敬你,你又奈我何?难道要去皇帝面前一五一十地将事情都说出来,告状吗?"

使臣黝黑的脸上似笑非笑。

安乐公主被怼得一句话也说不出来。

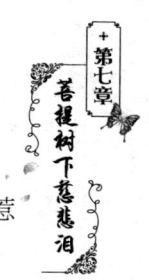

第七章 菩提树下慈悲泪

她本来就做了那么多亏心事，要是被皇帝知道哪怕一星半点儿，她都会惹祸上身。

使臣看她这样子，也不想再多说，草草一礼，就往外走去。安乐公主气得狠狠一捶软榻："这种竖子，也来欺负我！"

"心智不稳，破绽太多，可不就是被竖子欺负？"大殿深处传来皇后慢悠悠的声音。

安乐公主忙起身，匆匆向皇后拜倒："母后。"

"刚才发生的，我看见了，也听见了。"皇后垂着眼皮，冷冷地说，"直到我们病好，皇上都没松口封你为皇太女，你可知这是为什么？因为你素来行事跋扈，咄咄逼人！"

"母后，女儿不是没被封为皇太女吗？要是真成了，女儿绝对不会对临淄王下手。"安乐公主委委屈屈地说。

"错。"

"哪里错了？"

皇后将安乐公主扶起来，绝美的脸上浮现出杀机："无论你能不能当上皇太女，你都应该杀了临淄王。只是，不是用这种方法。斩草要除根，赶尽就要杀绝，你不能留任何情面，不然对方就会绝地反击，懂吗？"

安乐公主打了个寒战。

"母后，是女儿错了。可是现在……"她脸上满是焦虑，"临淄王会不会查到我们？"

"他向来精明，要查出你是幕后指使，并不难。但这并不是最可怕的事情，最可怕的是你掳夺的那些工匠，足足有成百上千人！"皇后语重心长地说，"每一个人，都有可能成为一个纰漏。安乐，你有千百个纰漏，等着让人去抓啊！"

安乐公主顿时面白如纸，晃了晃："那母后，女儿现在该如何是好？"

"从现在开始，你掳劫那些工匠所制的东西，一件都不要入宫。同时，偷

163

偷处理掉那些工匠。"皇后眯了眯眼睛,"被你父皇查出这件丑事,别说皇太女,就是公主也不会让你当!"

安乐公主缩了缩头,有些惊恐:"难道父皇发现什么了?"

"若要人不知,除非己莫为。"皇后寒声说,"先想好你要什么,是要先当上皇太女再集天下之财,还是集天下之财后,助你当上皇太女?"

安乐公主郑重其事地点头:"女儿明白了。"

第七章 菩提树下慈悲泪

七

一夜之间，风靡皇宫的兰椒香销声匿迹了。

后宫各妃们对李媛媛满是抱怨，纷纷询问她为何不采办兰椒香。李媛媛应接不暇，对外只说，香料商不调配这种香料，她也没办法。

后妃们无奈，只得摇着扇子各自散去。

李媛媛望着她们的背影，仿佛看到一堆堆的雪白银子离开，心痛得几乎要滴出血来。

昨天，安乐公主突然将她传去，让她销毁掉库房里所有的兰椒香。李媛媛询问原因，安乐公主却一个字也不肯多说，只让她遵从命令。

兰椒香的香气清甜持久，大受妃子们欢迎。

李媛媛当初帮安乐公主将这种香料纳入皇宫采买名单，也费了好大一番周折。现在，兰椒香刚刚让她赚了一些银子，就突然要从采买名单中剔除，让她很纳闷。

有了荣华，还要有富贵，才能让人没有遗憾。她成了燕安县主还不行，还要有库房都堆不下的银子，这才能算此生圆满。

李媛媛正在郁闷，忽然听到身后传来悠闲的一声："那么名贵的兰椒香，怎么不卖了？"

她回过头，看到临淄王李隆基站在身后，正笑眯眯地看着她。李媛媛忙一礼："回临淄王的话，这兰椒香的产商，已经不卖香料了。"

"香料商的脑筋到底是哪一根坏掉了，居然有生意不做？"李隆基问。

"这……"李媛媛犹豫。

她总不能回答这都是安乐公主的命令吧？毕竟，当初安乐公主千叮咛万嘱咐，不让她说出这兰椒香和自己有丝毫瓜葛。

李隆基将李媛媛的表情尽收眼底，呵呵一笑道："燕安县主真是好计谋，这是想囤货居奇呢。"

李媛媛忙否认："临淄王误会了，真的是香料商不做了。"

"哦？那如果我出大价钱买兰椒香，香料商做不做呢？"

李媛媛被勾起了小心思，咽了口唾沫："大价钱……有多大？"

李隆基摸着下巴："怎么说，也得这个数吧？"说着，他故弄玄虚地伸出了一根手指头。

李媛媛盯着那根手指头，猜测地问："一百两？"

"一千两。"

"临淄王别开我玩笑了，这兰椒香虽然备受欢迎，但是根本就不值这个价钱。"

李隆基摇了摇头说："物以稀为贵。就算是最寻常的白米，只要让世人难以得到它，那它就值天价。"

李媛媛疑惑地看着他。

"燕安县主，我知道你能弄到兰椒香。你帮我买过来，怎么样？"李隆基低声说。

李媛媛忙不迭地点头，但想起了什么，又连忙摇头。李隆基走过去一步，低声说："你到底开多少价钱？"

"临淄王，我真的无能为力，对不住了。"李媛媛艰难地说，"香料商真的不做这种香了……"

李隆基这才叹气："那好吧，要是有消息了，你可要及时告诉我。"

"会的，请临淄王放心。"李媛媛匆忙地回答，转身就走。

等到李媛媛的身影消失在转角处，可莹和李轻羽才从花丛深处走出。她微微叹气："可惜了，她没上钩。"

李隆基淡淡一笑："燕安县主是没上钩，却是进了渔网。"

"可是，她始终没卖给你兰椒香。"可莹心头迷茫，"找不到那个香料商，我们就没办法查下去。没有线索，该怎么解救玲珑的父母呢？"

李轻羽突然开口："我倒觉得，未必。"

"怎么讲？"可莹回头看他。

李轻羽站到李隆基身边，向他投去欣赏的目光，然后侃侃而谈："虽然李媛媛没有答应出售兰椒香，但看她的样子，肯定是被临淄王说动了心，打算将兰椒香卖个高价。物以稀为贵，兰椒香本就是皇宫后妃们的挚爱之物，如果向长安城内的达官贵人们推荐，只说这是风靡皇宫的香品，市场上已经一盒难求，必然能勾起那些人的兴趣，愿意一掷千金。李媛媛那样贪婪，不可能挡得住这种诱惑。"

可莹轻摇罗扇："话是如此，但李媛媛真的会掉以轻心吗？"

"会。"李隆基笃定地说，"人为财死，鸟为食亡。一个贪心的人，终究会败在自己的贪婪上。"

八

偏僻的巷子里一片死寂,没有半个人影。

蓦然,一个干瘦的女人从巷子深处走出,警惕地左右张望,才走到了巷子口。她一弯腰进了一抬普通的轿子,对着轿子里的人跪地行礼道:"民女见过燕安县主。"

"行了,沁秋,你过来坐吧。"李媛媛端坐在轿子里,不耐烦地说。

沁秋小心地在一旁坐下,观察着李媛媛的表情:"燕安县主有什么吩咐,派人来就行了,何必亲自屈尊跑一趟呢?"

"这件事非同小可,所以必须得我亲自来。"李媛媛扯了扯手里的绢帕,慢悠悠地说,"兰椒香,给我送十盒。"

"啊?可是安乐公主前天刚传话过来,不让出售兰椒香,也就不必给县主供货了。"沁秋有些疑惑。

李媛媛不耐烦:"以前都是上百盒、上千盒地出货,现在不过是十盒而已,就像大海中的一滴水,谁能知道是咱们出的?"

"这……"沁秋为难。

李媛媛递过去一个绢包,不由分说地道:"这件事就这样说定了,你往我那里送十盒兰椒香,后面的事就不用你管了。安乐公主要是问起来,你只说不知道,听到没?"

沁秋打开绢包,发现里面是十两银子,顿时喜上眉梢:"县主放心吧,十盒兰椒香马上送到。"

李媛媛挥了挥手,让她退下了。

看着晃悠悠远去的小轿,沁秋露出了得意的笑容。她扭头往巷子深处走去,喜滋滋地将那个装有银子的绢包放进袖子里:"天知、地知、你知、我知,只要不说出去,公主怎么会知道呢?"

她走进一处院子,进门就高声喊道:"快给我备车,我要出去一趟!"

两名仆人应声,给沁秋准备了一辆马车。沁秋坐进车厢,让一名仆人驾驶马车。不多时,马车从巷子里往外走去。

第七章 菩提树下慈悲泪

天色不早了,沁秋有些急,几次三番地让仆人加快速度。仆人挥动马鞭,很快就来到郊外的一处田庄。

田庄上有一处大宅子,表面上看没有什么异常,但此时大门紧闭,看起来很不寻常。

沁秋到了门前,左右看了看,拍了拍门。铁门立即被人打开,一名壮汉出现在门后:"是你?"

"我来取香。"沁秋往门内张望了一下,"最近香料工匠们没有停工吧?"

壮汉皱起眉头:"停工倒是没有,只是安乐公主吩咐,兰椒香一盒都不能往外出……"

"是公主要用兰椒香,这是两码事。"沁秋挤进门内,"怎么?兰椒香不能卖了,公主自个儿还不能用了?"

壮汉伸手阻住沁秋去路:"既然是安乐公主自己要用,那请把公主的手谕拿出来!"

"你别欺人太甚!"沁秋有些心虚,但想到袖中还装着李媛媛给的十两银子,便再次鼓起勇气,"区区十盒香料,公主还要下个手谕?你不是不知道,当初这里是禁地,谁都不知道这是安乐公主的地方。现在你要公主的手谕,是巴不得别人找来吗?"

壮汉面无表情,侧了侧身子,让出一条道路。沁秋哼了一声,往仓库的方向走去。

院子里和平常不同,很是安静。沁秋觉得哪里不对劲,但还是稳住心神。她在心里默默地告诉自己:这是最后一次,最后一次……

十盒香料,根本不会被安乐公主发现。那可是享尽荣华富贵的人哪,能发现她挪用了十盒香料吗?

可是她就不一样了。十两银子,是她几个月的薪金。以前帮安乐公主运送香料,都没能赚那么多……

沁秋走进仓库,从货架上拿了十盒香料。犹豫了一下,她又拿了三盒香料

塞到包袱里。

"办好了吗?"壮汉站在门口,阴恻恻地问。

"行了,算你聪明。"沁秋装作若无其事的样子,打算离开仓库。

壮汉忽然开口:"你的鞋子弄脏了。"

沁秋莫名,低头一看,顿时吓得魂飞魄散。只见在货架边上,她脚下居然踩着一小摊血迹!

她这才回想起,自从走进院子,就没听到什么动静,也没看到其他守卫。这里是安乐公主私藏工匠的地方,平时守卫森严,今天是怎么了?

"这……这是什么?"沁秋结结巴巴地问。

壮汉一笑,露出一口森白的牙齿:"安乐公主今早下令,处死所有工匠。"

"什么?"沁秋大惊。

"所以,你在撒谎。"壮汉一步步向沁秋走过来,"安乐公主今早刚刚下令,根本没听她说过,要留十盒香料。"

沁秋慌忙后退:"你……你别过来!"她想起了什么,忙从袖子里掏出那十两银子,"我把银子给你,都给你!"

壮汉却抽出了刀:"公主说了,背叛她的,都得死!"

九

"啊!"玲珑突然惊叫一声。

可莹正坐在窗前看书,听到动静忙放下书卷:"怎么了?"

玲珑委屈地抬起一双泪眼,右手手指上沁出一颗红艳艳的血珠。面前的绣架上,一幅香草图只绣了一半。

可莹忙走过去,小心地将绣针从玲珑手中拿下:"快别绣了,今儿事情要是顺利,你就能和父母见面了。"

"公主,我总觉得哪里虚得慌,可能会有事发生……"玲珑摇了摇头。

"不会的,临淄王和临安王一起布局,肯定能解救你的父母,还有其他工匠。"可莹安慰她,"你只要静候佳音就好了。"

话音刚落,外面就传来一个冷傲的声音:"是静候佳音,还是惊闻噩耗?金城公主,你说话可要实在点儿啊!"

可莹讶然,抬眼看到皇后和安乐公主气势汹汹地走进来,两个人的目光都尖锐无比。

"见过母后,安乐姐姐。"可莹忙将玲珑护在身后。

皇后摆了摆手,左右宫女立即齐齐退下。她似笑非笑地看着可莹:"果然是你,我猜得没错!"

可莹被她看得心里发毛。皇后从冷宫出来之后,就一直伪装和蔼。现在她突然态度大变,肯定是有备而来。

"我不懂母后是什么意思,可莹一心向善,从不惹是生非,从来都是问心无愧!"可莹目光灼灼。

皇后冷笑道:"大胆金城公主,还敢嘴硬!你说你不懂,那就让本宫来告诉你,你究竟都做了什么!罪名其一,你滥用公主特权,掳夺工匠后藏在你的香兰居!罪名其二,心思歹毒,罪恶滔天。你看事情败露,就杀人灭口!那一百三十三名工匠,已经横尸香兰居!罪名其三,你欺君罔上,行事龌龊,白白玷污了香兰居的美名!"

可莹浑身发冷,如坠九天冰窟。这一条条的罪名,不都是安乐公主做下

的？居然安到她头上！

她深吸一口气，镇定地说："母后和皇姐真是信口雌黄，把白的说成黑的。这三条罪名，分明就是——"

她一指安乐公主："皇姐，这都是你做下的，现在你竟反咬一口，说是我做的！"

"知人知面不知心，死到临头还来污蔑我，真想不到你是这样的人！"安乐公主满眼怨毒，"李可莹，你可知道，有人发现了你香兰居的后院摆满了尸体，家丁都指认是你做的，你好狠心！"

可莹头皮一麻。

难怪皇后理直气壮，原来早已布好了局……

蓦然，门外响起了宫女们的尖叫声和求饶声。看来，皇后和安乐公主已经给她定罪，要处理她宫里的人了。

可莹忙回身，对玲珑低声说："你等会儿想办法逃出去，去找我皇兄临安王……"

玲珑却置若罔闻，丙眼发直，口中一直喃喃地说："难道我父母都死了？不可能，不可能……"

"玲珑！"

皇后将这一切看在眼中，呵呵一笑，将玲珑拉到身边："好孩子，你放心，是金城公主害死了你的父母，我会给你讨回公道的。"

"母后，你就算对我有偏见，也不该把莫须有的罪名安在我头上吧？"可莹冷声说，"我什么时候害死了玲珑的父母？"

"你掳夺成百上千的工匠，玲珑就是证据。"安乐公主上前一步，目露凶光，"不然，被劫工匠的女儿，怎么会出现在你的宫里？"

"你！"可莹语塞。

宫女入宫，都有一套严格的流程。可莹在这关键时刻，自然不能说出，是李轻羽偷偷安排玲珑进宫的。可如果不说出来，她就跳进黄河也洗不清了！

安乐公主看到可莹面上窘迫，得意地一笑："李可莹，你一句话也不说，

是认罪了吗？"

就在这时，玲珑突然抬起头，目光仇恨地盯着安乐公主："杀我父母的不是金城公主，始作俑者是你——安乐公主！"

"玲珑，别说了！"可莹忙阻止玲珑。

可是已经来不及了——

玲珑咬着牙，一字一句地说："当初安乐公主赐我的那盒兰椒香，正是我父母调制的。这说明，劫走我父母的人是……"

"啪！"

一个巴掌狠狠地扇在玲珑脸上。安乐公主目光中似乎淬了剧痛，冷冷地看着她："母后，这贱婢不知好歹，居然污蔑当朝嫡公主，按律当斩！"

皇后眯了眯眼睛："来人，把这贱婢给我拖出去杀了！"

语毕，立即有两名侍卫上前，将玲珑狠狠往外拖去。可莹吓得头皮发麻，扑上前去抱住玲珑："母后，皇姐，求求你们放过玲珑！她只是伤心于父母双亡，才会胡言乱语啊！"

"这时候服软，已经晚了。"安乐公主说话掷地有声，"给我拉开！"

立即有侍卫上前，使劲去掰可莹的手指。可莹死死抱住玲珑，就是不肯松开。她知道，这一松开，可能就是永别。

就像很多年前，她松开了娘亲的手，从此以后天涯海角，生死不见。

侍卫们使上了蛮力，可莹立即感到手指往后弯去，每一处关节都痛得扎心。她咬牙忍着，却没有忍住眼泪。

"公主，你松手吧！"玲珑看到可莹变了形的手指，惊恐地大喊。

可莹从齿缝中挤出几个字："不……不行……"

皇后脸色一变："还挺倔？金城公主，你再不松手，手指就要断了！"

可莹咬紧牙关："就算断……也是断在你皇后娘娘的手里……谁都别想动我的玲珑！"

这就是她救人的方式，自损三千，杀敌一万！

皇后和安乐公主面面相觑，震惊中带着无奈。她们没想到可莹的反抗会这

样激烈,如果时间再拖久一点儿,场面会更加失控。

"你们是废物吗?把金城公主拉开!"安乐公主向侍卫们咆哮。

侍卫们答应一声,更加用力地去扯可莹。就在可莹绝望的时候,外面突然有人大喝:"都给我住手!"

那一声中气十足,划破长空,将殿内众人都震了震。

侍卫们一怔,手上力道便松懈下来。可莹趁这个机会,忙挣脱钳制,抱着玲珑快速往后退去。

右手食指火辣辣地疼,可莹试着动了动,没有反应,估计是已经断了。她疼得眼泪模糊了视线,模糊地向大殿门口望去。只见有一人逆光而来,清亮的天光洒在他清俊的身姿上,晕染出一个散发着淡色微光的光圈。

安乐公主看呆了,半晌才结结巴巴地说:"临安王,你来这里做什么?"

李轻羽没看她,径直走到可莹身边,牵起她的手。可莹立即感到一阵剧痛,皱了下眉头。

"手指断了,要赶紧接骨。"李轻羽看着那双又红又肿的手,脸上表情如覆霜雪。他冷冷地睨了侍卫们一眼,"方才伤害公主贵体的,就是你们吧?"

"王……王爷,我们也是奉命行事!"侍卫们脸色一变。

"你们不用怕,本宫今日来办罪女李可莹,你们是听本宫的命令!"皇后盛气凌人地扫向李轻羽,"临安王,就算你是皇上面前的红人,那也不能维护一个残害百姓的罪女!本宫奉劝你,赶紧把金城公主交出来,不然……"

"叮——"的一声,是金属轻擦的声响,生生打断了皇后的话。

李轻羽一言不发,只是抽出了腰中的佩剑。剑尖如芒,剑身似冰,散发出瘆人的寒光。

皇后脸色遽变,拉着安乐公主仓皇后退:"护驾!护驾!李轻羽,你居然敢……行刺?"

"皇兄,别为了我做傻事!"可莹急了,摇晃着李轻羽的胳膊,"求求你把剑放下……"

"可莹,若有人伤你一毫,在我眼里就等于是伤你一寸,在我心里就等于

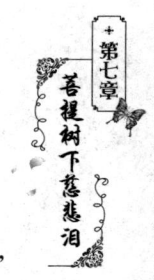

是伤你一丈！"李轻羽握紧剑柄，"你让我如何能放？"

可莹被他的话一震，呆呆地看着李轻羽。那一刻，风烟俱净，万物为烟，这皇宫的一切竟都不重要了。

生也好，死也罢，其实都比不上被人如此珍视。

可是，她不能害了对她最好的人……

思及此，可莹抬手抹去眼泪，哽咽着说："皇兄，就算我冤死，你也别管这件事！关键是，现在所有的证据都指向我……"

"香兰居也有我一份，也可以是我做的。"李轻羽突然出声。

可莹心头猛沉，李轻羽这是想把责任都揽在自己身上？

"李轻羽，你为什么这么傻，要替她顶罪？"安乐公主突然暴怒，"李可莹到底有什么好，值得你为她这样？"

李轻羽微微淡笑，扭头看着可莹："我也不知道她哪里好，可能她根本就不好……她弱，被李媛媛从小欺负到大，让别人占尽了上风；她笨，几次被人冤枉，还固执地将这个皇宫认作是自己的家；她痴，明明天生丽质，就是不肯浓妆艳抹，让世人去宣扬自己的美貌。"

说到这里，他抬头看着安乐公主："你纵然有千般好、万般妙，可是永远不值得我为你做任何一件事。"

安乐公主呆住，如泥胎木雕般站在那里，一动也不动。忽然，她美目里沁出了泪水，扭头就往外跑去。

"安乐！你怎么了？不过是一个临安王，半路上才归宗认祖，算得了什么！"皇后追了出去。

"母后，明明我赢了，可是我怎么感觉自己输了呢？"安乐公主失魂落魄地站着，喃喃地说。

从第一眼看到李轻羽的时候，她就打定了主意——她要苍鹰为自己折羽，猎豹为自己断足，猛虎在脚下臣服。

李轻羽是苍鹰，是猎豹，是猛虎，可是他并没有为自己做任何事，他的目光追寻着可莹，对她则视若无睹。

凭什么?

她是大唐最尊贵的公主,凭什么败在一个小庶女手上?

可是经历了一番之后,她才恍然发现,她输得彻头彻尾,还不知道她输在哪里。

"母后,立即杀了李可莹。"安乐公主猛然转身,对皇后咬牙切齿地说。

皇后一怔:"我是想杀她,可是她毕竟是公主,杀她要有个名头……"

"先斩后奏!"安乐公主斩钉截铁地命令身边的侍卫,"你们去给我把金城公主杀了!"

侍卫们答应,往宫室里冲去,就在这千钧一发的时刻,上空忽然降下一道黑影,扑向侍卫!

"有刺客!"侍卫们抽剑防备,一时间整个宫苑里剑光四射。安乐公主大惊,和皇后快步后退,才看清楚攻击侍卫们的是一只黑鹰!

与此同时,安乐公主也看到了宫苑墙上,居然站着一名宫奴打扮的少年。那名少年肩膀上还落着一只鹰!

"啊——"安乐公主惊恐地尖叫,"刺客在那里!"

一

可莹从宫室里冲出来的时候,正看到吐蕃王子站在墙头上,向侍卫们解释:"喂喂喂,我不是刺客,是我的鹰跑了……对,我是鹰房的!"

"王……"可莹突然意识到眼下不能暴露吐蕃王子的身份,忙改口,"你怎么来了?"

吐蕃王子纵身跃下,跛到可莹身边,用肩膀将李轻羽挤到一旁:"我当然是来救你的啊……"

"你是来添乱的,快走啊。"可莹跺脚。

吐蕃王子突然一脸警惕:"你们听到什么古怪的声音没有?"

"什么声音?没有啊……"可莹和李轻羽顿时紧张起来。在这处宫苑里,侍卫们目瞪口呆,皇后和安乐公主虎视眈眈,除了他们的低声交谈,就只有沉重的呼吸声。

吐蕃王子捂住胸口:"是我心碎的声音!小金城,你这样说我,太伤我的心了……"

可莹满脸无奈,不知道该说吐蕃王子什么才好。他有没有意识到,现在是生死关头啊!

"母后,别跟他废话了,这个鹰奴看上去也不是什么好人,不如一起杀了!"安乐公主突然发狠,"你们还不给我上!"

最后一个字的尾音消散在空中时,吐蕃王子忽然面色肃冷,做了一个手势,在半空中盘旋的黑鹰迅速降低。

"谁敢!"吐蕃王子叱道。

"嗖!"李轻羽也挽了个剑花,对准了侍卫。

眼看,一场你死我活的厮杀在所难免。杀气顿时弥漫在宫苑里,气氛瞬间绷紧,一触即发!

就在这时,宫门外忽然慢悠悠地传来一声:"你们这是比试武功吗?一个个的还真像个样子。"

是皇帝!

可莹转目望去,只见皇帝和李隆基站在宫门口,面上看不出喜怒。她忙迎上前去:"父皇……"

"你做下这样的事,不配喊'父皇'!"安乐公主忙打断可莹的话,转而对皇帝跪下,"父皇,我和母后听闻金城公主在香兰居大开杀戒,是和之前的工匠失踪案有关,所以特来缉拿金城公主,然后再交给父皇审问。"

李轻羽忙收剑,跪地对皇帝道:"父皇,你不要听安乐公主一面之词!工匠失踪案,以及那些工匠被杀,都是安乐公主所为!"

"你!"安乐公主恨极。

"父皇,我们有证人玲珑,她是某次香坊匠人失踪案里,唯一逃出来的。"李轻羽说完,焦急地望向宫室。

皇帝看了身边的李隆基一眼。李隆基会意,快步走进宫室里。然而,他却很快重新走出来:"皇上,宫女玲珑昏倒了。"

安乐公主顿时得意起来:"父皇,玲珑是被劫工匠的女儿,却成了金城公主的贴身宫女,这不恰恰证明了——金城公主才是做下这一切的主谋吗?"

"住口!"皇帝突然暴怒,他转向皇后,"你们都给朕跪下!"

皇后咬了咬下唇,不甘心地跪在地上。安乐公主呆住了:"父皇,你……你不信孩儿吗?"

"你还知道我是你父皇?你还知道你是大唐的公主?"皇帝指向安乐公主,手指颤抖,"你居然掳夺长安的工匠,把他们当成自己私有的奴隶。眼看事情败露,你就杀了他们……你怎么这么歹毒?"

"皇上!这些都不是安乐做的!"皇后心有不甘地辩解,"工匠们的尸体,是在香兰居发现的!"

李隆基突然冷哼一声,打断了皇后的话:"皇后娘娘和安乐公主大概不知道,那些工匠并没有全部杀光。幸存者指证,他们之前劳作的地方不是香兰居,而是安乐公主在宫外的府邸。"

安乐公主面色惨白,一句话也说不出来。

"把人带上来。"皇帝向宫门外喊了一声。

两名御林军押着沁秋和李媛媛进来。李媛媛的目光和可莹在半空中相接,她赶紧扭过头去。

"皇后,安乐公主,我知道这兰椒香的来历不简单,所以就故意设了个局,让李媛媛去联系提供这种香料的香料商。没想到正好目睹你派人屠杀工匠,将尸体运送到香兰居,栽赃嫁祸给金城公主。"李隆基紧紧盯着皇后和安乐公主,咬字极重。

李隆基本来只是打算跟踪沁秋,找出安乐公主私藏工匠的地方。没想到,他却在后院发现了工匠们的尸体。

不仅如此,沁秋也即将被人灭口。为了留沁秋作为证人,李隆基才出手将她救下来。

沁秋向皇帝苦苦哀求:"皇上,不关我的事,我只是一个中间商!是安乐公主嘱咐我,让我将香料高价卖到宫里……"她指向李媛媛,"我每次都是和燕安县主接头,她是负责后宫用度采买的!"

李媛媛吓得浑身哆嗦:"皇上,是安乐姐姐让我以高价买下这些香料的。我知道这是贪污营私,我也不想这样做,可是我害怕安乐姐姐……"

事到如今,她肠子都悔青了。

要不是她巴结安乐公主,就不会听从她的命令,高价采买兰椒香;要不是她见钱眼开,想屯一些兰椒香卖个高价,也不会上了李隆基的当,暴露了沁秋,害得事情难以收拾。

皇帝努力克制着盛怒,低头看安乐公主:"安乐,事到如今,你还有什么话要说?"

"是我做的,和母后无关!"安乐公主明白大势已去,身体不住地颤抖,却还是强撑着。皇后想说什么,被安乐公主在裙纱下攥住了手。

皇后明白安乐公主是什么意思,只能心疼地看着她,将话语咽了下去。

"父皇,我本来想收手的,可是临淄王盯上我了!我知道李媛媛是个成事不足、败事有余的人,也暗中调查出了玲珑的真实身份……我害怕事情败露,就干脆将一切推给金城公主。可是啊,这几个人,没有一个让我省心,让我如

意。"安乐公主苦笑。

"是你自作孽不可活,还在将责任推给旁人吗?"皇帝大怒。

安乐公主抬起一双泪眼,凄美如风中弱柳:"父皇,我是自作孽,但也是有原因的。你是想立我为皇太女的,为什么迟迟不做决定呢?那么多人看我笑话,说我有野心,说我安乐不自量力。可是,我是大唐最尊贵的公主,我难道不配当皇太女吗?"

她说着就膝行过去,抱住皇帝的腿:"父皇,我知道你是不忍心废掉太子,你太心软了……"

皇帝狠狠将安乐公主踢开,怒道:"安乐,朕从来都没有想过立你为皇太女。你做下这样的事,不配为大唐皇族!"

安乐公主倒在地上,难以置信地反问:"什么?从来……从来都没有想过?不,不可能,你说过你最疼的就是我!"

从小到大,她要什么,父皇就赐给她什么。有一次,在她的生日宴上,她开玩笑,让父皇把这大唐江山送给她做贺礼。皇帝笑呵呵地答应了,全然不顾席间尴尬万分的太子。

生日宴结束后,所有人都和她套近乎,对她恭顺逢迎。彼时,她还以为自己是天之骄女。

那样和蔼的父皇,对她的承诺都是假的?

十几年的芳华岁月,在这一刻土崩瓦解,溃不成军。

"安乐,你听好,"皇帝居高临下地看着她,目光里没有一丝感情,"于情于理,你都不配做皇太女!"

这句话对于安乐公主来说,犹如晴天霹雳。她面无血色,身子晃了几晃,忽然慢慢地站了起来。

她扫视着官苑里的众人,最后目光落在李轻羽身上,她那双明眸善睐的眼眸里,此时全是悲哀、愤怒和仇恨。

李轻羽被她的目光盯得发虚,刚要说什么,就看到安乐公主向自己扑过来。他下意识地将可莹护在身后,然而安乐公主却和他擦肩而过,向宫墙用力

地撞了过去!

"安乐!"皇后尖叫。

所有人都以为安乐公主不过是耍小孩子脾气,找李轻羽胡闹一番,没想到安乐公主却是心存死志。

说时迟,那时快,吐蕃王子奋力冲过去,挡在安乐公主面前。安乐公主一头撞在他胸口上,整个人因为冲击力往后仰去。

吐蕃王子下意识地去拉安乐公主,却被安乐公主一把抓住了袖管。只听"刺啦"一声,袖子上的一块布帛被生生扯下。

安乐公主倒在地上,满脸泪痕。

皇帝恨铁不成钢,呵斥道:"安乐,你太不像话了!你以为你这样做,能唬得住谁?"

安乐公主却置若罔闻,指着吐蕃王子,颤声说:"父皇,你看!那……那是什么图案……"

吐蕃王子意识到了什么,忙抬手去遮挡自己的胳膊。然而,皇后还是看到了他胳膊上的刺青,惊声喊:"皇上,那不是吐蕃王族的刺青吗?"

可莹脑子"嗡"的一声,变成一片空白。

吐蕃王子的身份暴露了。

第八章 一朝悲欢付梅花

二

天地为靶，万水为箭，无数水箭轰轰烈烈地涌向战场。暴雨隆隆而下，偶尔有闪电劈开天幕，照亮这混沌的世间。

可莹站在廊下，眼神茫然地看水珠从檐上落下，连接成帘。她抬手扶了扶发髻，摸到坚硬而凉润的珠翠，触手冰凉。

"公主，皇上说了谁也不见，你还是回去吧。"皇帝身边的小黄门走出，轻声对可莹说。

可莹心头一抖，脱口而出："求你了，让我进去见一面吧。"

"公主就别为难我了，皇上做的决定，谁敢违抗？你我都不能左右啊。"小黄门脸色一变，连忙后退。

可莹无奈，深深望了门内一眼，只得转身离开。

青儿扶着她，絮絮地安慰说："公主别难过，皇上还没做决断。他那样仁厚，怎么会处死吐蕃王子呢？"

"父皇是不会处死吐蕃王子，但肯定会把他交给吐蕃，这和杀了他有什么区别呢？"可莹说到伤心处，紧紧地捂住脸，"青儿，我不要他死……事情为什么会发展到这一步？"

虽然安乐公主被禁足，但是她也无意中揭发了吐蕃王子的身份。事情比他们想象的更严重，皇帝当场便面色大变。

当时，众人看到吐蕃王子胳膊上的刺青之后，皇帝立即下令，让御林军将吐蕃王子制伏。

为了不牵连李轻羽，吐蕃王子主动承认自己就是善擦拉温，并且将责任都揽到自己身上。他说是自己冒充鹰奴偷偷入宫的，和其他人无关。同时，还说自己一直都易容，可莹根本就没认出自己，所以这件事也和可莹没有关系。

可莹心里七上八下，偷偷观察了下皇帝的神色。他虽然一言不发，但表情阴沉，显然根本不信。

说到底，她和李轻羽都违反了宫规，私自将外人窝藏在皇宫里，按律当罚，而且是重罚。

然而就在可莹决定领罚的时候，皇帝却出声说，暂时将吐蕃王子扣押在宫里，安乐公主关禁闭，听候处罚，其他人都不许再多说一个字！

可莹心惊胆战地回了宫，心里还存着一丝侥幸，觉得皇帝说不定会支持吐蕃王子，并让他成为新赞普。

可是一连过去了好几天，皇帝那边都没有任何动静，而吐蕃王子善擦拉温还活在人世间的消息，却传到了吐蕃使臣的耳朵里。

吐蕃使臣听到消息后，立即面见皇帝，一口咬定善擦拉温已经死去，现在的这个吐蕃王子是冒牌货，要皇帝立即处死他。

可莹和李轻羽一听说这个消息，立即请求面见皇帝。皇帝却在此时选择避而不见。

两个人都拿不准皇帝是什么心意，心里七上八下的，却不知道下一步棋该如何走。他们扳倒了安乐公主，让那些受苦受难的工匠们重见天日，却不承想，自己的朋友却因此堕入深渊。

"公主，皇上宅心仁厚，肯定不会轻易置吐蕃王子死地的，你要放宽心。"青儿轻声安慰。

可莹尽管心头抑郁，却还是点了点头。

玲珑的父母被安乐公主杀死，悲痛之下已经卧床三日。和那些不能左右自己命运的人相比，吐蕃王子还有回旋的余地，已经足够幸运。

可莹怀着这样的心思，刚走过一座小拱桥，就看到桥头立着一个人，执着一柄红绢伞，正笑吟吟地看着她。

她顿步，心头巨震。

淑妃款步走上桥头，笑道："可莹，你我如今竟生分成这样，见了面你都不知道怎么说话了吗？"

若是平常，可莹定会礼数周全，说话做事滴水不漏。然而此时，她却没心情再去周旋，只草草地说："淑母妃要说什么，就尽管说吧。"

淑妃轻笑，摆摆手让自己的宫女退下。可莹会意，让青儿也后退几步，拿过雨伞为淑妃挡雨。

"如果我没有猜错,皇上根本就没有见你,你在为善擦拉温而苦恼,对吗?可莹,你落到如今这种地步,完全是你咎由自取。"淑妃眼神里充满惋惜,"你是扳倒了安乐公主,做了一件利国利民的大好事,可也犯了一个致命的错误。"

"什么错误?"

淑妃凑近可莹,一字一句都散发着寒气:"你在皇上心头上插了一刀。"

可莹浑身一凛,几乎拿不住手里的雨伞。

淑妃字字句句都透着得意:"可莹,你还不明白吗?人心,是有很多面的。作为一国之君,皇上明白自己处罚安乐公主是正确的事;可是作为一个父亲,他比谁都要心痛。而这份心痛,是你李可莹、临安王和临淄王,共同给他的!"

可莹呆呆地看着淑妃,一句话也说不出来。

"若是你们都没什么纰漏,那倒还好。可是你们一旦有谁犯了错,皇上会对你们加重处罚。"淑妃加重了语气,"在皇上的潜意识里,你们毁了他的亲女儿。你居然还想着要皇上答应你们的求情,善待善擦拉温?"

可莹摇头:"不……"

不是这样的,皇上虽然迟疑不决,但黑白分明。安乐公主做了那样的错事,皇上怎么还会袒护安乐公主,反过来怪罪他们?

"那皇上为什么不见你们?他一定在怪你们,为什么私藏吐蕃王子,把这样一个烫手山芋丢给他。"淑妃说,"可莹,你们还是太天真了!事事都对,不一定能够善终。"

可莹低下头。

雨水渐小,水珠落在伞面上,发出"啪嗒啪嗒"的响声,每一下,都像敲在她的心上。

事事都对,不一定能够善终?

假如当初她屈从淑妃,和安乐公主联手,那么现如今,由皇后出面为善擦拉温求情,就会更有分量。

她真的做错了吗?

可莹抬起头,看着淑妃那张得意的脸,突然下定了决心。她收起雨伞,淡声说:"多谢淑母妃教诲,但是可莹心里有杆秤,对就是对,错就是错。黑白颠倒不了,哪怕最后不能善终,可莹也要做于心无愧的事!"

淑妃冷笑:"你还是没把我的话听进心里去,政局不是你所能掌控的东西。你知道有多难吗?"

"简单也好,困难也罢,都无所谓了。"可莹挺直脊背,目光里不惊不惧,"淑母妃,我会用自己的方式去救吐蕃王子,以此证明给你看!"

淑妃用一种复杂的眼神看着她,一句话也没说。

可莹冷看她一眼,转身走下石拱桥。青儿在桥头焦急地等待着,见她下桥,忙迎上去问:"公主,淑妃没有说什么吧?"

"没说什么,"可莹将雨伞递给青儿,示意她收着,"对于不重要的人来说,她们的话不过是一汤雨,一阵风。雨过天晴,她们说了什么,根本就一个字都留不下。"

她说过,只为重要的人而活。

昨天是,今天是,明天更是。

三

回到宫苑里，可莹浑身都散着潮气。

青儿小心地问："公主，要不要我去准备热水，服侍你泡澡，去去潮气？"

"先不用，我想去看看玲珑。"可莹解开斗篷，抖了抖上面的水珠。

玲珑坐在床上，面色惨白，清瘦了许多。旁边一个小宫女正在给她喂药，但没喝两口，玲珑就张口呕吐，药汁悉数吐到瓷盂里。

可莹进门，正巧看到这一幕，她冷静地吩咐小宫女："把药再热一热，再给玲珑服下。"

"是，公主。"

小宫女端着药碗退下了。

玲珑抬起无神的双眼，哀声说："公主，我实在吃不下药了……从此以后，这世上就我一个人了。一想到这些，我就……"

"吃不下也要吃。"可莹在床沿上坐下来，"因为你现在活着，不仅仅是为了你自己。"

玲珑茫然地看着可莹。

"你死了，除了让你九泉之下的父母更加悲伤，没有别的作用。但如果你活着，皇上每次看到你，他就能记起来安乐公三的所作所为有多么令人发指。"

这句话振聋发聩，让玲珑整个人都怔住了。

可莹说完，闭上眼睛，也不再多说什么。

宫室一角的香炉里，散出安神香淡淡的轻烟。一切都那样静谧，可有什么东西，在看不见的暗处里萌生发芽。

不多时，小宫女回来，将药碗重新呈上来。这一次，玲珑强撑着将药汁喝了下去。

休息了一会儿，玲珑脸上渐渐恢复了血色。她甚至主动提出下床走动，要陪可莹写字绘画。

可莹内心欣喜,面上却没有表露出来,而是带着她到了书房,吩咐玲珑铺纸研磨。

接着,可莹在纸上运腕点墨,开始画起一幅梅花图来。白雪中景色肃杀,只有红梅在雪中傲放。

她一点点地描绘着,一朵朵红梅在纸张上傲然绽放,光华熠熠。

玲珑在旁边看着看着,突然眼睛里充满了泪水。

"玲珑,你知道我要对你说什么了?"可莹扭头问玲珑。

"公主,白雪压枝,寒冬摧残,错的是白雪和寒冬,不是梅花。"玲珑眼神中透着坚毅,"同理,犯错的是安乐公主,不是我,为什么我要作践自己?"

可莹欣慰地点头:"你总算明白了。你活着,就是安乐公主的罪证,何必苦了自己?不值得。"

说完,她继续低头作画。

落下最后一笔的时候,李轻羽和李隆基来了。

玲珑看到李轻羽的那一瞬间,瓷白的脸上顿时出现一抹红晕。李轻羽向她点了点头,然后才看向可莹,那目光里有悲悯,有坚定,有执着,已经包含了千言万语。

不需要许多言语,他们就能心意相通。

"可莹,你画了什么,我看看?"李隆基几步迈过来,兴趣盎然,一眼就看到了上面的梅花,"原来是一幅梅花图。"

李轻羽上前,望着那梅花,声音微凉:"一朝悲欢,都付与山间梅花。"

一朝悲欢。

可是她和李轻羽、玲珑、李隆基,何止是一朝悲欢?

李隆基将可莹眼中的落寞尽收眼底,轻笑道:"别难过了,皇帝答应晚上见我,我会想办法说服他,支持吐蕃王子。"

"真的?"可莹顿时惊喜,可想起淑妃说过的话,又有些担忧,"不过父皇能答应吗?"

　　李隆基似乎胜券在握，拿起红梅图："皇上自然不会轻易答应，但我有自己的计划。金城公主，这幅红梅图就借我用用吧？"

　　"不过是拙作罢了，别让父皇见笑。"可莹不好意思，随手捡起一袭轻纱，轻轻覆盖在红梅图上。

　　李隆基却摇头："不，恰恰相反。"他看向玲珑，"还有你，打起精神来，晚上有一场好戏。"

　　"我？"玲珑怯怯地指了指自己，"临淄王，我能做什么？"

　　李隆基一笑，神神秘秘的，却没有说话。

四

入夜。

一灯如豆。

皇帝穿着常服,在书房里蘸墨写字,一个字还没写完,小黄门就在门口怯怯地通传:"皇上,吐蕃使臣到了。"

"让他进来。"

皇帝心烦意乱,将桌上的纸揉成一团扔到地上。

吐蕃使臣走进来,先是跪地行礼,然后便看到了地上的纸团。他谄媚地笑了笑,将纸团拿起一看,忙道:"皇上,这个字写得好,为什么弃之不用了呢?"

纸上的是一个"誠"字,左边的"言"已经写完,右边的"成"还差一撇一点。

皇帝闲散地答道:"总觉得运笔不稳,所以算了。"他话锋一转,"使臣,这么晚了你还来见朕,可是有什么急事?"

"皇上,那名假冒的'善擦拉温王子'在这宫里存活一夜,臣就一夜睡不着觉。为了大唐和吐蕃的邦交,还请皇上交出那个假冒王子的罪人。"吐蕃使臣低头回答。

皇帝拿起桌角上的茶杯,喝了一口才问:"你怎么知道他是假冒的?他身上可有吐蕃皇族的文身。"

吐蕃使臣抬头,正好望见皇帝若有所思的模样。

他心念一动,一句话脱口而出:"有文身又如何呢?皇上说他是假的,他就是假的。"

皇帝没有接话,只是静静地看着吐蕃使臣。

吐蕃使臣继续说:"皇上,吐蕃有意和大唐结交,新赞普不日就要继位,在这节骨眼上,皇上支持新赞普,新赞普定不会忘记皇上的恩德!"

他压低了声音:"只要皇上举手之劳,处理了这个假的善擦拉温,吐蕃愿意给大唐十年岁币!"

皇帝抬了抬眉毛。

岁币，就是对外族输出的一种财物，包含着珠宝、牛羊、皮草、药材等物品。吐蕃气候高寒，物产并不丰富，新赞普能答应给大唐十年的岁币，是摆明了要收买了。

"皇上，善擦拉温个性勤俭，就算你支持他，他也不会给大唐带来半点儿好处的。"吐蕃使臣观察着皇帝的脸色，小心翼翼地建议。

皇帝放下茶杯，一笑："你不是说这个善擦拉温是假冒的吗？怎么，你还知道这个假冒王子生性勤俭？"

吐蕃使臣这才发觉自己说漏了嘴，忙改口："不，不是的，皇上，我只是口误。他是假冒的，应该交由我们族内处理……"

皇帝不置可否，起身就往外走。

吐蕃使臣不知何意，站起身来便跟了上去。他在心里打起了小九九，开始揣摩皇帝是何种用意。

皇帝推开门走了出去，然后将门一关。

使臣不知所措，一时间怔在原地。

就在这时，门外传来皇帝的声音："使臣，出来吧。"

使臣推开宫室房门，然而门外的月光刺得他抬手遮眼。等他放下右手，却发现眼前不再是寻常的宫苑景象，而是犹如仙境一般。

地上像是铺满了白银，白得发亮，散发着灼目的雪光。周遭的宫室也都消失了，取而代之的是虚无缥缈的雾气，只能隐隐约约地看到些许轮廓。抬头看，天上的明月变得巨大，仿佛触手可及。

使臣颤巍巍地伸出手去，想要够一够那月亮，那月亮却忽然抖了抖，现出一个人影。

"皇上！皇上！"使臣又惊又怕，连连往后退去，却发现宫室的门被关得死死的，皇帝也不见身影。

再看那月上人影，轻盈飘逸，天衣飒飒，似乎是仙娥一般。使臣这才放下

心来，往前走了一步："敢问……"

仙娥并没有理睬他，而是轻抬玉足，在月上轻舞起来。舞动的时候，臂上纱帛轻扬飘舞，一切如梦似幻。

突然，仙娥手上变幻出一幅画卷，向使臣远远抛过来。使臣下意识地接过画卷，展开一看，发现那是一张红梅图。

梅花灼灼，开得浓烈。

使臣脑袋一蒙，不自觉地往下一栽。等他瞬间清醒之后，却发现自己身处于一处红梅林里。

"这……这难道是画中的世界？"

使臣大惊。

他在红梅林里跌跌撞撞地跑着，想要逃出这片树林。奔跑的时候，梅花不断地被他拂落。

四周一片死寂，使臣只听得到自己的呼吸声。

蓦然，前方出现了一个人影。

使臣连忙迎上去："你是谁？快救救我！"

然而等到他走近，却发现那个人居然是善擦拉温——他曾经宣誓效忠的吐蕃王子。

吐蕃王子阴沉沉地看着他："使臣，我知道我哥哥是不会杀我的，是你派人暗杀我的，对吗？"

"不！不是！"使臣惊恐地大喊，"下令刺杀你的就是你的兄长！不是我！你就算要报仇，也别找我！"

他四处张望，没有看到半个人影，更加惊恐。要知道，他之所以敢请求皇帝处决善擦拉温，全是仗着如今的善擦拉温势单力薄，自己是新赞普的使臣，有恃无恐。

现在只有他一个人，他开始担忧善擦拉温会采取怎样的报复手段。

使臣仓皇转身，踉踉跄跄地往身后逃，然而这一转身不打紧，半空中突然落下了红梅花瓣，一股疾风迅速吹来。

有女子的声音缥缈传来:"红梅落香院,奈何西风散。傲骨埋泥潭,落得愁无限。"

字字句句如诉如泣,凄凉无比。

使臣揉了揉眼睛,才看到前方五步开外,不知何时出现了一名红衣女子,正幽怨地看着他。

"司天监?"使臣觉得女子有些面熟。

那女子脸色苍白,没有一丝血色,身上穿着国师道服,目光悲悯。使臣颤巍巍地开了口:"司天监,你……"

"今夜星象有异,月祟降临,有怨报怨,有仇报仇。"女子神态自若地说出一句,便仰头张望。

使臣一边警惕着善擦拉温,一边警惕着女子:"你们到底想要干什么?"

女子冷冷地说:"你贿赂我,让我告诉你最近有什么异常天象。我完全没有想到,你会利用'天狗食日'去给安乐公主造势,说这是上天选定安乐公主做皇太女。"

说到这里,她眼神锐利起来:"我万万没想到自己会被你卷进这场阴谋的旋涡!你让我以后如何自处,如何对得起皇上?"

使臣浑身一凛,不管不顾地叫嚷起来:"关我什么事?是你也想攀上安乐公主这根高枝,我才为你指点迷津的!你现在找我有什么用?做都做了,事到如今,你别想独善其身,想办法把安乐公主救出来是正事!"

他将心里话一股脑地吐了出来,全然没顾上其他。

然而话音刚落,使臣就看到女子轻轻一笑,抬起了袖子。

"你……你又耍什么花样?"使臣暴怒,上前扯住女子的衣袖。然而袖子落下,他却看到了一张陌生的脸。

"你……你不是司天监?你是谁?"使臣大惊失色。

女子淡淡地说:"我叫玲珑,是金城公主身边的宫女。"

"你什么时候变脸了?"使臣惊恐地指着玲珑。

只是刚说出这句话,他就想起来,大唐有一种易容术,会提前在袖子上设

下机关。只要用袖子一抹，容貌就会改变。

一念起、一念灭之际，周遭也发生了变化。仿佛是经历了上千年，那些红梅迅速沙化，然后被风吹成碎片，飘然而去。

使臣怔怔地看着那些碎片消失在风中，才恍然回神。

哪里有什么阆苑仙葩？只有普通的宫苑建筑，而皇帝、李轻羽、李隆基和一名陌生男子都在他身后不远处站着。

"罗公远，你的幻术已经到了出神入化的境界了。"李隆基对身边的男子说道。

被唤作罗公远的男子鹤发虬须，仙风道骨。他恭敬地回答："小民能为皇上和临淄王效劳，倍感荣幸。"

到了这一地步，使臣才明白过来，刚才的幻境全是这罗公远做出的。没有月下仙境，没有嗜血梅林……

有的，只是大唐盛传的幻术。

还有他疯疯癫癫中说出的真相。

使臣哆哆嗦嗦地向皇帝跪下，心里惧怕无比。

他早已听闻大唐幻术奇妙无比，和吐蕃幻术的血腥风格截然不同。如今得以一见，他才知道确实名不虚传。

只是一个幻术，就让他把秘密和盘托出。

"使臣，要不是罗公远的幻术，你还不肯说实话。"皇帝面上隐现怒容，"是你帮助安乐公主欺骗朕！是你谋害吐蕃王子，拿吐蕃和大唐的关系要挟朕！你是新赞普的使臣又怎样？朕会修书一封给老赞普，将你的所作所为都揭露出来！"

"皇上……"使臣还想要辩解什么，却什么都说不出来。

要辩解什么呢？

他心里很清楚，他谋害善擦拉温，还贿赂司天监，拿"天狗食日"做文章。光这两条罪行，就已经不可原谅！

"父皇，现在你确信，安乐姐姐的行为了吧？"

可莹从暗处款步走出。她身上穿着一件莹白的纱裙，方才在月上轻舞的仙娥，就是她扮的。

皇帝沉重地点了点头："是我太宠安乐这孩子了，才让她有恃无恐，酿下今日大错。"

一想到自己当初被"天狗食日"搅得几天不得安宁，他心里就窝火。这是一场骗局，他居然被骗了这么久！

可莹转眸看向另一边，招了招手。玲珑怯生生地从角落里步出，向皇上跪倒："宫女玲珑见过皇上。"

那一身红衣艳艳，格外醒目。

皇帝赞赏地道："方才红梅林那一场幻境里，朕还以为，你是真的梅精呢！别跪着了，你快起来。"

可莹将玲珑扶起来，皇帝才看到她脸上都是泪水。

"你哭什么？"

玲珑抽泣着回答："回皇上，我只是想起了一件往事。以前我父母最喜欢调制的香料就是梅香，刚才的红梅林一景，让我想起了他们。可惜我再也见不到他们了……"

"他们都……"皇帝问。

可莹补充："他们都被安乐公主杀掉了。"

皇帝一怔，没有说话。

李轻羽和李隆基突然齐齐向皇帝跪下："皇上，安乐公主残害百姓，必须从严处罚，才能给天下黎民一个交代！"

皇帝显得有些无措。李隆基今日只说会请来一位幻术大师，通过幻术来逼使臣说出实话，可是他没有料到，小小的一位宫女，居然也被安乐公主害得家破人亡。

李轻羽和李隆基久久没有听到回答，紧张地抬头望着皇帝。

皇帝闭上眼睛，沉吟许久，才说："安乐公主戕害百姓，玩弄权术，罪行罄竹难书，朕不罚不足以平民愤。现将安乐公主送去皇家佛寺清修，不真心悔改，不得出寺。"

　　安乐公主是皇帝最疼爱的女儿，要顾及皇家体面，这样的惩罚已经足够了。至少，她不能再居住在皇宫里。

五

炎夏快要结束的时候，唐宫里终于等来了老赞普的书信。

他在信中表示，已经废掉了犯下杀弟罪行的新赞普，并将新赞普从族谱上永远除名。同时，老赞普也表示，他期待吐蕃王子善擦拉温回到吐蕃。

老赞普是善擦拉温的父亲，已经整整一年没有见到自己的儿子了。

离别很快到来，善擦拉温就要启程回吐蕃了。皇帝给他派了一支军队护送他出境，并让李轻羽领军。

因为有李轻羽这层关系，可莹偷偷穿上小兵盔甲，混入队伍里，也跟着送行队伍一起出发。

"行了，送行千里，终须一别，你们就送到这里吧。轻羽，帮我照顾好小金城。"吐蕃王子勒住缰绳，转身对李轻羽和可莹说。

可莹一愣，忙跳下马背。长安城外正是初秋景色，层林尽染，烂漫金叶在林地上铺了厚厚的一层，触地时脚下柔软，像踩在棉花上。

"善擦拉温，这个送给你。"可莹深一步浅一步地走过去，递上了一块白色的绢帕。

吐蕃王子一愣，接过绢帕，发现帕子一角绣着一朵红梅。

"你以前拿了我一块绢帕，一直没给我，我觉得你应该很喜欢中原的这种丝绸绣品吧？"可莹的笑容很灿烂，"所以我给你做了一条新的绢帕，希望你喜欢。那块旧的，你可以还给我。"

吐蕃王子白了她一眼，将绢帕塞到可莹手里："不要，我就要那条旧的！做得再漂亮，也不是那一条，我就喜欢那一条！"

彼时，她笑容明丽可人，将一块绢帕递过来，那绢帕柔软，散发着清雅的香气，让他从此不肯放手。

只因为，他想记住那一刻的她。

明丽清秀是为莹，美玉风骨是为莹，皑皑雪光是为莹。

"那好，那就给你旧的，回到吐蕃可别怪我苛待你。"可莹赌气地将绢帕收起。

不料，李轻羽却一弯腰，将她的绢帕拿在手上："正好，送我了。"

"你们一个个大男人，要绢帕做什么？"可莹叉腰质问。

李轻羽睨她一眼："你还说我……是你自己绣了绢帕送人。既然他不想要，那我就收着！"

可莹觉得这话里有些古怪的酸味，可又挑不出毛病。

"可莹，我也有礼物要送你。"吐蕃王子十分不友好地白了李轻羽一眼，唤来一只鹰，"这只鹰就送你了。"

可莹笑着摇头："我不要。"

"怎么？"

"再多的鹰，也都不是小刀了。"可莹有些心酸。

小刀，已经长眠在菩提树下，获得了永恒的安宁。

可是她呢，每次想到小刀，都会难过、内疚。

所以，她再也不养鹰了。

"那好，不送了，我本来还想让你给这只鹰命名为'善擦拉温'呢。"吐蕃王子有些落寞地转身，"谢谢你们，我……走了。"

可莹心头突然发堵，拢起两手大喊："我会记住你的，善擦拉温。"

"善擦拉温，我也会记住你的！"李轻羽也跟着喊。

善擦拉温没有回头，他怕一旦回头，更不舍得离开。

西风中，他带着一支浩浩荡荡的队伍渐行渐远，直到过了一个山坡，他才重新驻足回望——

远处，大唐军队仍然在原处，沉默地遥遥相望。

"小金城，轻羽，其实我很讨厌善擦拉温这个名字。"他轻轻地说。

如果不是因为我是善擦拉温，就不会有这么多的阴谋阳谋，刀光剑影。

可是我曾经用善擦拉温的名字认识你们，所以，我一生都会以我是善擦拉温而感到万分庆幸。

——本季完——

读古代公主的励志故事，汲取成长正能量

小MM"公主天下"系列盛大启动

在历史的洪流中，几百位公主曾闪耀"登场"过，她们或单纯，或傲娇；她们或集万千宠爱于一身，或被不公对待；她们被后人铭记，抑或在最美的年华香消玉殒……

宫廷内外的权势争斗之下，任何人都是可以被牺牲的，哪怕贵为公卿家的小姐也一样。虽然皇族少女们天生拥有至高的地位，却也难免要面对比普通人更加凶险的命运。但，就算前路未知，这些善良高贵、聪慧美丽的公主依然尽自己所能，认认真真地绽放出生命的精彩。

小MM "公主天下"系列，写尽古代那些可歌可泣、可圈可点的公主们的故事，愿大家从这些古代少女的成长励志故事中汲取到成长的力量。

《卫长公主》《鲁元公主》……更多公主故事正在创作，敬请期待！